置于火上

24位女性的一生

有书——编著

中国经济出版社
CHINA ECONOMIC PUBLISHING HOUSE
·北京·

图书在版编目（CIP）数据

置于火上：24 位女性的一生 / 有书编著 . -- 北京：中国经济出版社，2025. 5. -- ISBN 978-7-5136-8137-7

Ⅰ . I106

中国国家版本馆 CIP 数据核字第 2025E8C625 号

策划编辑 龚风光 王 絮
特邀策划 蓝色城·许 峥 胡映雪
责任编辑 王 絮
责任印制 李 伟
封面设计 尚燕平

出版发行 中国经济出版社
印 刷 者 河北鑫玉鸿程印刷有限公司
经 销 者 各地新华书店
开　　本 889mm × 1194mm 1/32
印　　张 7.5
字　　数 131 千字
版　　次 2025 年 5 月第 1 版
印　　次 2025 年 5 月第 1 次
定　　价 56.00 元
广告经营许可证 京西工商广字第 8179 号

中国经济出版社 网址 www.economyph.com 社址 北京市东城区安定门外大街 58 号 邮编 100011

本版图书如存在印装质量问题，请与本社销售中心联系调换（联系电话：010-57512564）

序　言

在历史的漫漫长河中，女性独立与觉醒之路犹如一条蜿蜒曲折的小径，充满了艰辛与挑战。值得敬佩的是，尽管艰难，古今中外的女性仍然为自身的权利和地位而不懈奋斗。

在古希腊，女诗人萨福沉醉于诗歌。在被迫嫁给一位贵族后，苦于没有灵魂上的交流，她选择离开丈夫，回到家乡的小岛上，专门教导女孩子们写作诗歌。正因如此，她遭到了诸多有损声誉的流言诋毁。那是一个女性被束缚在“狭小”家庭里的时代，公共事务几乎与女性绝缘，她们没有选举权，不能参与政治决策，在一些社会活动中也没有发言权。

在古罗马，女性为废除限制其自由的法律而努力抗争。她们面临着诸多严苛的规定，在财产继承、婚姻关系等方面处于劣势。这些女性勇敢地走上街头，为自己的权益呐喊。这条抗争之路布满荆棘，每前进一步都需要付出巨大的代价。

在古代中国的母系氏族社会，女性拥有较高的社会地位。她们负责氏族的繁衍和生产生活的组织，是社会的核心力量。随着社会的变迁与生产方式的革新，尤其是农业生产逐渐占据主导地位后，男性凭借体力优势在生产中发挥更大的作用，女性的地位逐渐式微。东汉女史学家班昭续写《汉书》，又教导皇后与妃嫔，成为中国历史上第一位收徒授业的女教师。然而，她的贡献没有得到应有的重视，其思想和才华也受到诸多限制，无法像男性文人那样广泛传播自己的理念。在封建社会时期，除了部分出身于名门望族的女性，大部分女性没有读书的权利与机会。依附式的生存模式，使得女性难以在家庭中获得话语权，这种情况持续了上千年。

本书选取了二十四位名著里的女性角色，对她们的人生一一进行解读。这些解读犹如一面面镜子，清晰地反映出不同时代女性所面临的困境。

《简·爱》中的简·爱，自幼父母双亡，寄人篱下，饱受舅妈一家的虐待，在寄宿学校也遭遇了不公平的对待，但她始终自尊自爱，勇敢地反抗社会的不公和歧视。她在爱情面前坚守自己的尊严，坚决不做罗切斯特的情妇，她大声宣称："你以为我穷、不美，就没有感情吗？我也有的，如果上帝赋予我财富和美貌，我一定要使你难以离开我，就像现在我难以离开你。"她的这种反抗精神，在等级森严、男尊女卑的社会环境中显得尤为可贵。

《小妇人》的主角乔，生长在一个并不富裕但充满温暖的家庭。她渴望打破传统女性的束缚，追求自己的写作梦想。她拒绝了青梅竹马劳里的求婚，不想过早进入婚姻生活，放弃自己的理想。她很清楚，女人要有自己的追求，不应该只为了婚姻而活。她努力写作，希望通过自己的笔来证明女性的价值。

《白鹿原》中的田小娥，出生在一个贫苦的家庭，被父亲卖给年过半百的郭举人做妾。在封建礼教和宗法制度的双重压迫下，她努力挣扎，却落得个悲惨结局。她反抗命运，与黑娃私奔，却为白鹿原的宗法礼教所不容，遭受了各种羞辱和迫害。她的反抗是如此无力。

…………

这些女性角色所处的时代不同，背景各异，所处的困境却惊人地相似。她们或被封建礼教禁锢，无法自由地表达自己的情感与追求；或因性别，在教育、就业等方面受到不公平的对待。在封建礼教时代，女性被要求三从四德，一言一行都受到严格的规训，不能自由选择婚姻对象，不能表达自己对爱情的真实感受。在教育上，女性被剥夺了接受正规教育的机会，知识的大门紧闭，限制了她们的视野和思维。在就业上，女性只能从事一些简单、低薪的工作，职业发展空间极为有限。这些困境不仅是旧时代女性的真实写照，直到今日依然具有深刻意义。

2020 年诺贝尔文学奖得主露易丝·格丽克写过一句诗：“我勇敢，我抵抗，我把自己置于火上。”这句诗形象地反映出了旧时代女性的艰难处境，彰显出了女性为了争取自身权益不惜一切代价顽强抗争的决心和勇气。

这句诗还表现出了女性的勇敢与独立，敢于为自己而活，靠自己的双手去获取美好人生。每一位女性都可以成为自己命运的主宰，积极参与社会事务，在各个领域发挥重要作用。

希望每一位女性都不再仅仅将自己“置于火上”，而是成为执火把的人，点自己的火，发自己的光。

有书

目　录

《一个陌生女人的来信》陌生女人：

爱上他，还是爱上爱情

创作背景

《一个陌生女人的来信》是奥地利作家斯蒂芬·茨威格于一九二二年创作的中篇小说。小说讲述了一个陌生女人在弥留之际，给暗恋一生的作家 R 先生写了一封凄婉动人的匿名告白信。在这封二十多页的匿名信里，她如泣如诉地袒露了自己对 R 先生的疯狂迷恋和付出，字里行间透露着自己爱而不得的心酸。讽刺的是，R 先生对陌生女人几乎没印象。在小说中，茨威格细致地刻画了陌生女人为爱痴狂的心理，仿佛再现了陌生女人的每一条思维神经。即使已过百年，依旧拨动着读者的心弦。

在经历了第一次世界大战后，茨威格开始对世界和人类的未来进行探索。他试图借助作品中陌生女人这一执着追求真善美的艺术形象，表达出自己重塑真情世界的梦想。此外，十九世纪末、二十世纪初，整个社会都在宣扬女性就应该为男性付出，女性无法出去工作，只能围绕婚姻和家庭来实现自己的价值。在此背景下，为爱牺牲的陌生女人注定会以悲剧结束自己的一生。

卑微的圣徒

陌生女人幼年丧父，和胆小怯懦的母亲过着贫困的生活，邻居也经常欺负母女二人，无依无靠的她，只能默默忍受。时间就在这种痛苦又麻木的日子里过去了，直到十三岁那年，陌生女人遇到了影响她一生的人。作家 R 先生跟她成了邻居。

生活在阴暗世界里的她，对这个年少有为、家境优渥的作家产生了好奇。一次偶然的机会，她得以进入作家的公寓，看着那一摞摞漂亮的书，便对作家产生了仰慕之情。望着这些书，她想到自己仅有的几本旧书，清楚地意识到作家的世界不是她能轻易涉足的。

因此，在之后几年的暗恋时光里，女孩只敢从她家门上的一个小孔窥视作家的一举一动。她还会偷偷亲吻作家摸过的门把手，捡起作家扔掉的烟头，在胡同里无数次仰望作家屋里的灯光。而女孩疯狂又压抑的爱慕之心，作家一无所知。

十六岁那年，女孩母亲改嫁。她不想离开作家，想跪在作家的脚下，求他收留她，哪怕是做个女仆。怀着这种卑微的心理，女孩整夜坐在作家门前，等待作家回来，即使冻得浑身哆嗦，她也咬牙坚持，甚至庆幸寒冷可以让自己保持清醒。

谁知，她等来的却是带着女人回来的作家。最终，她带着遗憾离开了。

女孩的继父十分富裕，因此有许多优秀男性追求她，可她都不为所动，固执地过着“苦行僧”般的生活。她沉浸在幻想中，“把自己埋进一个晦暗的、寂寞的世界里，自己折磨自己”。她认为自己必须忠于作家，就像信徒忠于自己的神。

后来，女孩放弃优渥的生活，拒绝求婚的男性，义无反顾地回到与作家初遇的公寓，日复一日地站在楼下，期待作家能够认出她。此时她成了作家眼里的陌生女人，其古怪的行为，终于得到了作家的关注。她还没来得及高兴，很快便发现作家只是把她当作猎艳对象，根本不记得她。

她痛恨命运的无情，但出于对作家盲目的爱，还是与他度过了三个夜晚。这一刻，陌生女人完成了对神的献祭，就连未婚先孕这种事，她都觉得是上天的恩赐。因此，她忍痛将孩子生了下来。

为了更好地抚养孩子，陌生女人主动成为一位贵族的情妇。某天，她陪贵族一起参加舞会，意外地遇到了作家。不出所料，作家仍旧没有认出她。

充满魅力的陌生女人让作家产生了猎艳的念头。他主动邀请陌生女人共度余夜，陌生女人毫不犹豫地跟他离开了，将供她生活的贵族抛之脑后。

结局可想而知，仅仅一天，陌生女人又被作家抛弃了。

陌生女人此前从未跟作家袒露过心意，直到他们的孩子因病去世，自己也身患重病，才鼓起勇气写了人生中第一封，也是唯一一封告白信，把一辈子的痴情写了出来。

她在信的开头这样写道：“我的一生始终都是属于你的，而对我的一生你却始终毫无所知。”陌生女人在感情里是卑微的，从十三岁第一次见到作家，她便用尽一生去爱这个男人，即便他对她一无所知。

陌生女人的行为是典型的“卑微的圣徒”，顾名思义，就是爱情里最卑微的追随者。因为卑微，所以她将作家想象成一个完美的人。即使因此体无完肤、人生悲惨，她也依旧觉得作家是遥不可及的存在，越把对方想象得完美，就越卑微，也就越不敢倾诉心声。

孤独的殉道者

陌生女人一头扎进恋爱的深渊，用整个人生演好这场独幕剧。为了作家，原本学习并不太认真的她拼命学习，成为全班第一名；知道作家喜欢读书，她熬夜读书，短期内就读了上千本书；知道作家热衷于音乐，她努力练习钢琴；知道作家爱干净，她想尽办法让自己干净利索。

一个贫苦家庭出身的小女孩，要熬过多少个孤独的夜，拥有多么强大的韧劲儿，才能做到这一步？这一刻，她是幸运的，她成了更好的自己；她又是不幸的，她的优秀并没有得到作家青睐，在作家眼里她就是一个陌生人。她的爱情在孤独中启幕，在漠视中枯萎。

十六岁前，她不敢靠近作家。十六岁后，她放弃优渥的生活，成为殉道者，带着宗教般的虔诚，一头栽进注定惨淡的命运深渊。

何为殉道者？对陌生女人来说，就是为了“感情炽烈，生性健忘，一见倾心，爱不忠诚”的作家斩断通往幸福的路，献祭自己的身体，在屠场般的产房生下孩子，成为有钱人的情妇。

她以“爱情”的名义选择苦难、拥抱苦难、接受苦难。她之所以能撑过难熬的岁月，正是因为始终抱有不切实际的期待，期待作家能注意她、认出她、爱上她，直到生命结束之前，她依旧满含期待地写下：“也许，也许将来你会召唤我，而我将第一次没有忠实于你，那是因为我死了。”这样疯狂、不计后果的爱，注定只能感动自己。爱情不是一个人的独角戏，需要两个人共同经营。

陌生女人从小就没有父亲，母亲又总是郁郁寡欢，和她也没有感情交流。在学校，陌生女人与其他同学格格不入，也没有朋友。就像她在信中写的那样："我没有一个可以向他诉说我的心事的人，没有人开导我，没有人告诫我，我没有人生阅历，什么也不懂。"

曾经，陌生女人以为自己不再孤独了，因为她有了作家的孩子，她可以守着这个孩子长大。

孩子的到来是否让陌生女人不再孤独了呢？实际上，并没有。

在信里，陌生女人提到孩子去世时，会说"我的孩子""我们的孩子"，提到孩子正常生活时，则会说"你的孩子"，她一直将孩子视为作家的替代品，是和她生命相连、绝对不会逃走的"另一个作家"。

她不曾把孩子当作独立的人看待，也从未考虑孩子的想法，母女之间只是供养和被供养的关系。为了生下孩子，她进入地狱般的产房；为了供养孩子，她出卖自己的身体。她以为自己不再狂热地爱着作家，不再遭受爱情的煎熬，她把自己无处宣泄的感情一股脑儿地给了这个孩子。她也从隐身者的角色中跳出来，转身变成了新关系里的支配者，幻想把爱紧紧攥在手里。

陌生女人以为这就是爱，就是幸福。她根本不明白，人类是无法通过他人获得心灵解放的，爱只能抚慰孤单，但不能彻底消除孤独。当她亲眼看到自己用爱浇灌的孩子死去时，巨大的孤独感瞬间将她淹没，让她体无完肤。她不想着拯救自己，反而产生“这下我可以跟我的孩子一起去了，也省得我自己来了结我的残生”的想法，为这个过世的孩子、为这种挣脱不了的孤独，献祭出自己的生命。

一份属于自己的工作

陌生女人的悲剧还在于，在当时的社会，女性地位普遍不高，无法实现经济独立。

陌生女人唯一一次说起自己的工作，是她为了回到作家身边，在维也纳的一家服装店打工。那时的她勉强能养活自己，她这样表达过：“活计很重、很累，但我很喜欢，因为工作很杂乱，我对自己内心的不宁也就不那么感到痛楚了。”陌生女人为数不多的安全感在这里得到体现，她享受着这份渺小的自由。

陌生女人如此优秀、如此努力，也只能通过亲戚找到这样又苦又累的工作，可见当时的女性想找到一份属于自己的工作是多么困难。在男性掌握话语权的社会，女性仿佛只是他们事业和爱情的点缀，无人在意女性是否需要工作、金钱和自由。

陌生女人很快失去了工作，因为作家注意到她了。后来她怀孕了，为了不被亲戚和家人发现，她在临产前几个月辞职。失去经济来源的她，被贫困压得喘不过气，连生孩子的钱都拿不出来，只能来到免费产房，忍受产房人员的轻薄。

陌生女人领略了穷困的可怕，她想，自己受再多的苦也无所谓，但孩子一定要像作家一样，享受上流社会的生活。于是，她委身于有钱的男性，用身体换来金钱和地位，逐渐丧失了独立生存的能力。她从不接受其他男性的求婚，以为这样就可以维持自由。

然而，就像伍尔夫所说，只有经济独立，才能拥有真正的自由。陌生女人看似在男人之间游刃有余，实际上，他们和她却是寄养与被寄养的关系。她以为的自由，只是特权阶级的施舍，时代给她套上了名为“女性”的枷锁。

一百多年前的女性想在社会上立足十分困难，她们无法找到一份体面的工作，只能将心思放在男人和孩子身上。陌生女人如此，其他女人也是如此。

陌生女人那坚定、热烈、始终如一的性格，朝着目标一步步迈进的姿态，若是有机会在职场上加以利用，想必也不会走到绝望的境地。女性，原本就该有更多的选择。

陌生女人的童年是不幸的，父亲早逝，母亲懦弱，贫困的家庭和恶劣的生活环境让她变得孤独自卑。作家的出现，让她有了寄托，她用低姿态来处理感情，在这场独角戏中不断内耗自己，最终走向死亡。

可悲的是，直到读完这封绝笔信，作家也没想起她的样貌。她就像瓶子里的那朵白玫瑰，作家欣赏它的美，却从未留意过它，失去了也只是有一丝空落落而已。

《安娜·卡列尼娜》安娜：
一位贵妇人决心离家出走

创作背景

《安娜·卡列尼娜》是世界文学泰斗、俄国作家列夫·托尔斯泰创作的长篇小说。托尔斯泰生于贵族家庭，上大学时，他受卢梭“天赋人权”思想影响，毅然决然地退学回乡，在自己的领地上进行农奴制改革。十九世纪五十年代，他到军队服役，在这期间目睹了俄国上流社会的腐败，并为之后的文学创作奠定了基础。

小说以十九世纪七十年代的俄国为背景，当时的俄国处于大分化、大裂变的新旧交替时期。封建农奴制被废除，新兴资产阶级思想与封建贵族思想互相碰撞，人们的生活和思想也发生了巨大的改变。

贵族出身的安娜，她的婚姻注定是政治利益的附属品。她压抑着自己对爱情与自由的渴望，与年长的丈夫卡列宁维持着无爱的婚姻，伏伦斯基的出现让她重生。她不再是循规蹈矩的贵族妇女，而是勇敢追爱的新女性，但伏伦斯基为了政治利益抛弃了她。最终，安娜以生命为代价，为自己的人生和爱情画上了句号。

“我不能再做您的妻子了”

安娜的丈夫卡列宁是一台冷酷、虚伪、自私的“官僚机器”，是官僚主义和宗教的化身，追求的永远是官爵和勋章，与安娜结婚仅仅是仕途的需要。这让安娜屈辱又痛苦，她因为无爱的婚姻郁郁寡欢了八年。安娜不甘心成为丈夫用来炫耀的工具，她想要真正的爱情和正常的婚姻生活。

一次平常的莫斯科之行，安娜与青年军官伏伦斯基相遇。面对英俊青年的大胆追求，她整颗心都洋溢着喜悦之情，被禁锢了八年的感情在此刻解放，她惶恐又甜蜜地享受着这“不可饶恕”的爱情。

虽然安娜明白自己会被上流社会耻笑，但她无法压抑自己的感情，开始频繁与伏伦斯基见面。很快，关于她和伏伦斯基的风言风语传遍了贵族社交圈，卡列宁也听到了一些流言蜚语，但他的反应不是生气，而是怪罪妻子失了体统，因为她的负面形象很可能会波及他的仕途。

卡列宁警告安娜：“你和伏伦斯基走得太近了，这会让别人议论你，你最好收敛一些。”安娜明白，自己贵妇人的身份以及奢侈的生活都是卡列宁给予的。然而，情感被禁锢得太久的她，恨透了这段冷漠的婚姻，不想再为了维护他的面子而活。她要跟以前的生活决裂，不再理会丈夫的警告，要彻底追求自己的爱情和幸福。她不加节制地和伏伦斯基幽会，心中虽因这段不忠的感情而羞愧，却拒绝不了爱情给予她的激情。

没过多久，卡列宁再次质疑安娜和伏伦斯基的关系。这次，她不顾一切地说："我爱他，我是他的情妇。我看见您就受不了，我怕您，我恨您……您想拿我怎么办就怎么办吧！"

实际上，安娜直接与丈夫摊牌的行为不够理智。当时许多上流社会人士会为了地位、荣誉而维持他们表面上的婚姻关系，其实私底下都有情人，这是贵族社交圈心照不宣的秘密。安娜的行为相当于直接与上流社会的规则叫板，必定会遭到贵族社交圈的非议。

安娜的决绝并没有让卡列宁动摇，他并不打算了解安娜的痛苦，只希望能尽快挽回自己在社交圈的声誉。他给安娜写信，假惺惺地说自己已经原谅她，只要她现在回归家庭，他可以当作无事发生，生活仍旧可以像以前一样继续下去，但他不希望安娜再和伏伦斯基交往，以免影响自己的仕途。

收到信的安娜再也控制不住情绪，彻底崩溃了。她反反复复地嘟囔着："我是一个人，我需要恋爱，我需要生活。我是一个需要爱情的、活着的女人。"

她决定离开这个窒息的家庭。她当着丈夫的面，喊出了那句话：“我不能再做您的妻子了！”

追求解放的安娜

安娜是托尔斯泰笔下极具新思想的女性之一。在虚伪的贵族社会，向往真挚纯洁爱情、向往自由的安娜仿佛是个异类。因此，在她追求解放的道路上，必然充满艰辛与阻力。

安娜的第一层阻力来自丈夫卡列宁。作为政府高官，自私自利的卡列宁只关注自己的仕途。他比安娜大二十岁，在他眼里婚姻就是仕途的附属品，他和安娜之间并没有滋养爱情的土壤。

卡列宁认为婚姻是一种互惠互利的关系：他给予安娜富裕安稳的生活、上流社会的贵族社交圈等物质条件与人脉关系，安娜则需要主动成为他在政界游走和晋升的一种点缀，满足他被人羡慕的虚荣心。

在与伏伦斯基相遇之前，安娜与丈夫度过了看似平静的八年，她那追求仕途的丈夫不会拿出时间陪伴她、爱护她，只会想着在物质上补偿她。与之相对地，安娜需要扮演好体面的贵妇人，与丈夫出席社交场合，进行虚伪的交流，除此之外，就是在家里照顾孩子。

卡列宁认为自己的婚姻是完美的。如果不完美，两个人怎么可能一起生活八年？安娜不这样认为，她心里总想着："八年来，他窒息了我的生命，窒息了我身上一切生机勃勃的东西，他从来没想到我是一个需要爱情的活生生的女人。"卡列宁无法理解安娜的行为，他宁愿接纳一个出轨的妻子，也不允许安娜与他离婚，让他沦为社交圈的笑柄。

安娜看透了丈夫的虚伪，明白多年的官场生涯早已把他的心灵腐蚀，在她面前的只不过是一台麻木腐朽的"官僚机器"。她快要窒息，几番矛盾与挣扎过后还是决定放弃家庭，甚至狠心离开儿子。拥有自由的她，即使过得再不如意，也从未想过重新回到卡列宁的身边。

安娜的第二层阻力来自社交圈的舆论。她公开追爱的行为在上流社会人士眼里，是对社交圈规则的蔑视，因此"抛家弃子"后，她被整个社交圈唾弃，甚至就连伏伦斯基的家人对她也十分排斥，不希望和她有任何交集。

不仅如此，之前那些与安娜交好的贵妇人也都变了一副面孔，肆意地羞辱她。面对这些羞辱，安娜从未想过放弃，为了反抗这个虚伪的圈子，她高调公开与伏伦斯基同居的事实，还面不改色地去剧院看戏，堂堂正正地面对这些流言蜚语。

安娜的第三层阻力来自她的爱人伏伦斯基。相比安娜被社交圈封杀的窘境，伏伦斯基虽然在名誉上未受损害，但他的事业却受到了影响。他开始权衡安娜与事业哪个更重要，对她的态度也日渐冷淡。

安娜敏锐地察觉到伏伦斯基的变化，开始患得患失。她拒绝接受现实，希望重新得到爱人的心，不惜以女儿生病为借口，试图用这种方式把爱人拴在身边。当伏伦斯基的爱情消逝后，她对这个世界彻底失望，对美好爱情的期盼也全部破灭。最后，绝望的她卧轨自杀，用鲜血宣布与这个世界的决裂。

身为贵族妇女的安娜对封建婚姻充满了叛逆之心，十分鄙视贵族阶级堕落虚伪的生活，她要真实的、无拘无束的生活。虽然整个社会、家庭乃至爱人都成为她前进道路上的阻力，她也愿意为爱情与自由付出一切。

走向毁灭的安娜

十九世纪七十年代的俄国，新旧思想碰撞。这样的时代背景也影响了安娜，她的思想充满矛盾。一方面，她接纳新思想，认为女性是有追求幸福的权利的独立个体，敢于挑破上流社会的虚伪；另一方面，上流社会的传统思想束缚着她，她时常因背叛家庭、抛弃儿子而充满负罪感。安娜这种矛盾的根源，其实是个人欲望与当时的社会伦理道德产生了冲突。

安娜向往爱情，更怕失去爱情。为了和伏伦斯基在一起，她不惜与整个社交圈为敌，甚至不顾自身安危为伏伦斯基生下女儿。当她意识到伏伦斯基不是她理想中的爱人后，她陷入一种几近疯狂的状态。她的行为越来越偏激，伏伦斯基最后一丝爱情也被消耗殆尽。

不可否认的是，最初伏伦斯基对安娜的爱是热烈真挚的，确实也为了安娜牺牲了一些利益，但他毕竟是一名依附于上流社会人士的军官，不可能与整个贵族社交圈为敌。两人对待爱情的态度存在着巨大的差异，他们的爱情注定不会长久。从安娜选择爱情的那一瞬间开始，悲剧的种子就已经种下。

安娜为爱抛弃家庭，却又割舍不掉骨肉亲情。虽然她爱伏伦斯基，但也同样爱着自己的儿子。“当她想到儿子，想到他以后将怎样对待她这个抛弃父亲的母亲时，她对自己的行为感到十分害怕。”她越是思念儿子，心里就越不安，母爱的天性让她备受折磨，在爱情和亲情中左右摇摆，难以取舍。

安娜厌恶婚姻，却又时常对丈夫感到愧疚。她心中多半是恨，毕竟他作为丈夫与自己生活了八年，却没给她丝毫的爱。然而，即便是这样，她依然觉得是自己对不起他。

当安娜从国外回来，见到朝思暮想的儿子后，她不住地为卡列宁辩白:“爱他，他比我好，比我仁慈，我对不起他。

你长大了就会明白的。”此时，她把所有的罪都揽在自己身上，为了卡列宁，不惜给儿子灌输“错的是母亲”这样偏颇的思想。

安娜从觉醒到抗争，直到最后自杀，整个人生都充满矛盾。她勇敢追求爱情，却又偏执软弱；对儿子爱得深沉，却又狠心抛弃他；对丈夫厌恶，却又充满负罪感。正是这样既矛盾又复杂的性格和心理，让安娜成为一个有血有肉的“真正的人”，若是用现代思想和眼光辩证地分析安娜，她肯定是女性觉醒的先锋。她在追求爱情的道路上，彰显出了超出一般贵族女性的勇气和热情。

安娜的悲剧也在提醒我们，女性在自我觉醒、追求美好生活的道路上，千万不要依附于任何人，将对爱情与自由的追求建立在对男性的依附上，可能会走上一条不归路。安娜用生命向整个封建社会抗诉的伟大精神，始终是女性觉醒之路上的一盏明灯。

《悲惨世界》芳汀：

流干泪水，只为偿还一点欢乐

创作背景

《悲惨世界》是法国作家维克多·雨果创作的现实主义与浪漫主义相结合的长篇小说。小说以十八世纪末期的法国为背景，彼时法国先后经历法国大革命、数次拿破仑战争，人们还没有从战争造成的灾难中恢复过来，大多数人依旧过着苦不堪言的生活，资产阶级和贵族将法律作为工具，不断剥削压榨底层劳动人民。小说的不同故事之间看似联系十分松散，其实最终都汇聚在同一个主题之下——痛斥阶级的不平等，同情底层劳动人民的悲惨处境。

小说的女主人公芳汀就生活在这样一个动荡不安的社会。作为一个出身不详的平民女孩，芳汀因为生性单纯惨遭男性欺骗，被迫成为一个被千夫所指的未婚妈妈，从此跌进了让她受尽折磨的深渊。

战争让她食不果腹，贫穷让她出卖身体，冷酷的人心让她无法谋生。最终，她在绝望中走向死亡。她的人生像一颗暗淡的流星，在暗空中骤然划过，她挣扎着想要回到天际，找寻属于自己的轨道，最终却依旧无法摆脱坠落的命运，转身望去，只有一片黑暗。

苦难的象征

没有人见过芳汀的父母。她没有姓名，没有家，名字是她小时候走在大街上遇到的第一个人随口叫的。从那以后，她就是芳汀。

芳汀的人生以十五岁为分界线，十五岁之前的她是努力生存的单纯女孩，十五岁之后的她成了在泥潭里越陷越深的未婚妈妈。

爱上多罗米埃是所有不幸的开始。生性单纯的少女无法识破都市花花公子的伪装，芳汀为多罗米埃的花言巧语所蒙骗，一头扎进以爱为名的陷阱，把自己献给了他。

盲目的爱情总有一个悲惨的结局。没过多久，多罗米埃就从芳汀的世界里消失得无影无踪。显而易见，她被男人骗了。不久，她发现自己怀孕了。

芳汀别无他法，只能生下孩子，取名珂赛特。她成了一个未婚妈妈。在巴黎，带着珂赛特的芳汀根本找不到工作，残酷的现实摆在眼前，若是再找不到工作，她和女儿很快就会饿死街头。芳汀决定只身回到家乡工作，女儿则被寄宿在她认识的“好心人”——德纳第夫妇家里。

天真的芳汀再次被欺骗，德纳第夫妇慈爱的外表下是肮脏的心。他们根本没打算真心照顾珂赛特，只想把她当作可以随意使唤的用人，并以“养育她需大量的钱”为借口，一次次从芳汀手里骗取高额的辛苦费。

自以为给女儿寻了好人家的芳汀回到家乡后，在当地有名的烧料细工厂工作。为了能早日将女儿接到身边生活，她没日没夜地拼命工作。刚开始，她的工资只够自己生活，短短一年，她就能按月支付给德纳第夫妇的七法郎辛苦费了。每当她收到德纳第夫妇告知女儿一切安好的信件时，她就觉得自己所有的辛劳都是值得的。

就在芳汀觉得日子有了盼头的时候，厄运女神又找上了门。

芳汀工作的烧料细工厂对女性的作风有严格要求，为了能保住工作，她一直隐瞒自己未结婚便有了孩子的事实，但她频繁接收信件的事情被厂里的女工头发现了。女工头忌妒芳汀，早就看她不顺眼，花重金打听出她是未婚妈妈这件事，并在工厂里大肆宣扬，指责芳汀作风不良，要求她立刻离开工厂，并擅自以工厂主的名义开除了她。

骤然失去工作的芳汀陷入了朝不保夕的窘境，与此同时，德纳第夫妇的辛苦费要得越来越高。走投无路的她只能挨家挨户敲门找工作，没有人愿意雇佣她。经过一番苦苦哀求之后，她终于找到一份缝补工作，但收入过于微薄，就算她不眠不休地缝补，也赚不够付给德纳第夫妇的辛苦费。

过度劳累的工作让芳汀患了重病，并且病情急剧恶化。在她重疾缠身的时候，德纳第夫妇的信像雪花一样飞来，每一封信都在告诉她珂赛特有多可怜，说她在冬天没有衣服穿，又或者欺骗芳汀说女儿患了重病，需要更多的钱为她治病。

为了能尽快筹到钱，芳汀卖掉了自己美丽的金发和洁白的牙齿。失去长发和牙齿的她一夜之间仿佛老了十岁，病情越发严重。但德纳第夫妇的胃口越来越大，他们威胁她拿出一百法郎，不然就赶走珂赛特。身无分文的芳汀为了女儿，只能去做公娼赚钱。

芳汀从小无父无母，但是坚强乐观，天性善良的她被恶人骗走贞节，被社会压榨身体，是十九世纪法国受压迫人民苦难的象征。她以一己之躯对抗社会的不公，最后却落得个悲惨结局。

善良却不得善终

芳汀十五岁之前接触的世界只有自己的家乡，在外省的小乡村，不太可能有人利用她的善良欺骗她。但是十五岁来到巴黎后，善良却成了她的弱点，让她看不透人性的恶。

年少无知的她怀着对爱情的向往，以为多罗米埃能成为她的依靠，让她过上安稳的生活。即使最终落得个被抛弃的下场，她仍旧幻想多罗米埃终有一天能回心转意。善良的她只会从自己身上找原因，从不去怪罪他人，这种善良是被社会规训的结果，欺压女性的社会让女性善良、恭顺，然后利用她们的善良，剥削她们的身体。

带着女儿的芳汀无法在巴黎继续生存下去，但不管被人如何看不起，她也不曾改变善良的本性。

当芳汀看到德纳第夫妇面对孩子时那副慈爱的面孔时，她天真地认为他们是能为孩子付出一切的好人，轻易地将珂赛特交到他们手上。她甚至从未怀疑过那一封封“敲诈信”，只是庆幸自己的女儿有个安稳的住处，十分感激德纳第夫妇对女儿的照顾。

芳汀的善良让她受骗，她轻信多罗米埃的谎言，惨遭抛弃，未婚先孕的流言蜚语更是让她跌入深渊。生下孩子后，善良的她被德纳第夫妇的温柔假意蒙骗，将女儿托付出去，害得女儿从小被虐待，每天生活在地狱中，却等不来妈妈的拯救。

这种善良在黑暗的时代中就是纵容恶人作恶的工具，也是一种变相的懦弱。当她被欺骗、被压迫时，她从未想过起身反抗，只是一味地妥协。多罗米埃消失后，她从未恨过他，甚至还在幻想有一天他会回来。

德纳第夫妇寄来一封又一封“敲诈信”，她从未发现异样，反而讨好般地不停寄钱；被工厂辞退时，这份工作是她最后的救命稻草，她都没想过到工厂主那里为自己争取一番，轻信了女工头的辞退令，草率地离开了工厂。最终，在卖掉头发与牙齿后，她再也没有赚钱的方法，在很短的时间里便堕落成了妓女。

芳汀天真无知、轻信他人、逆来顺受的性格是造成她苦难命运的重要原因之一，她越顺从，被剥削得就越彻底。善良的人并没有得到上帝的眷顾，弥留之际的她一直想见女儿最后一面，可惜直到死去都未能见到。

善良却不得善终，芳汀的结局令人唏嘘。她也是当时千千万万个法国人的缩影，雨果借由她悲惨的一生，表达了他对底层人民深切的同情。

社会杀死了她

《悲惨世界》的背景是从一七八九年法国大革命到一八三二年巴黎起义的这段时间。战争给法国人民造成了不可逆转的伤害，他们被迫流离失所，忍受贫穷、饥饿和黑暗，而这正是法国社会男性潦倒、妇女堕落、儿童羸弱的重要原因。

因为贫穷，孤女芳汀想着到巴黎“碰碰运气”，希望能改变自己的命运；因为饥饿，孤注一掷的芳汀将女儿寄宿在德纳第夫妇家，只身回家乡工作；因为黑暗，走投无路的芳汀出卖身体，依靠这种方式活下去，祈祷能有与女儿相见的一天。

在当时，妓女作为最底层的人民，得不到任何保障，饱受饥饿和疾病折磨，还要忍受来自施暴者身体和精神的双重压榨，尊严早就没有一顿饭重要了。芳汀沦落至此，已经失去了做人的体面，成了一个被他人踩踏的“皮球”，谁都可以踢一脚，踩一脚。

因为没有人过得幸福，所以也没有人关心别人的痛苦，芳汀所处的就是这样一个冷漠的时代。

现实是黑暗的，社会是残酷的，人情是冷淡的，当一个可怜的妈妈快要和孩子饿死在街头的时候，大家只是冷眼旁观。当顺从的女性被迫成为公娼，无法忍受纨绔子弟的折磨，第一次反抗了他们时，他们却利用贵族的权力判处她监禁。这残酷的社会用冷冰冰的刀刃一次又一次地刺向芳汀，最终杀死了她。

芳汀既是一个受尽压迫的底层平民，又是一位无私奉献的母亲，珂赛特是她全部的希望。为了女儿，她可以牺牲自己的所有，包括头发、牙齿、尊严甚至生命。

这种伟大的母亲并不是所有女性都想要成为的母亲，而是男性想要女性成为的母亲。女性有权力选择是否成为母亲，她首先是个独立的人，然后才是女人、妻子、母亲。但是芳汀生活的社会，这个权力掌握在贵族的手里。

珂赛特并不是芳汀自由意志下生出的孩子，而是多罗米埃诱骗的产物。多罗米埃玩弄完芳汀后可以消失无踪，她却不得不接住珂赛特的生命，并成为影响珂赛特一生的人。

当时的法国，封建思想观念根深蒂固，社会风气对女性很不公平，芳汀未婚先孕这件事不被大众接受。青年男性为了满足自己的私欲诱骗纯洁少女，转身消失不见，社会对他们没有任何惩罚，失节代价、生育代价只有芳汀一人承担。“未婚先孕”“单亲妈妈”的标签，芳汀永远甩不掉。这个标签让她遭人唾弃，让她失去烧料细工厂的工作，让她被德纳第夫妇抓住把柄，一步步走向深渊……

芳汀的一生是悲惨的一生。她悲惨得不像一个文学人物，而像一个真实的苦难女性的代表。在一个芳汀的背后，有无数个芳汀被黑暗淹没，被迫失贞，被迫怀孕，不得不成为妈妈，只能清醒着堕落。芳汀仿佛是当时社会底层人民苦难生活的写照，早已脱离了文学，成为一个时代的缩影。

《苔丝》苔丝：以贞洁之名，扼杀一位女性

创作背景

《苔丝》是英国作家托马斯·哈代创作的悲剧小说。小说讲述了一名农村少女凄惨又短暂的一生。年轻貌美的苔丝被阔少爷亚历克诱奸后未婚生子，孩子不幸死去。后来，苔丝遇到了真诚正直的克莱尔，两人陷入热恋。结婚当日，苔丝向克莱尔坦白一切，克莱尔无法接受这个事实，抛下她远走巴西。苔丝继续一个人生活，在此期间父亲突然去世，她主动挑起家庭重担。在最困窘的时候，她又遇到亚历克，受其蒙骗成为他的情人。谁知，克莱尔在这时来到苔丝面前，请求原谅，她一时受刺激杀了亚历克，自己也被送上绞刑架。

作为悲剧小说的女主角，苔丝身上有着三重悲剧：一是命运悲剧，苔丝从“一个纯洁的女人”被迫沦为杀人犯；二是社会悲剧，究其出身，苔丝属于受压迫的群体；三是性格悲剧，社会的偏见让苔丝无所适从，她在软弱和坚强中挣扎，放不下责任感和诚实高尚的道德品质。她虽然具有反抗精神，但反抗得不彻底，只能沦为时代的牺牲品。

命运悲剧

赶货的老马被撞死是苔丝悲剧的开始。小说开头提到，苔丝家的老马，在她与弟弟替父赶货的途中，被一辆邮车撞死，苔丝为此一直很愧疚，认为是自己的过失让家里失去唯一的经济来源。

苔丝的父母想让她去德伯维尔家讨点好处，原本抗拒不已的苔丝因为愧疚，出于补偿的心理来到德伯维尔家。正是这次交集，将苔丝拖进深渊。

苔丝的德伯维尔家之行很顺利，很快就在这里找到一份薪水丰厚的工作。她天真地以为有了一个赚钱的好机会，实际上这份工作是德伯维尔家的阔少爷亚历克安排的。他从第一次见到苔丝，就觊觎苔丝的美貌，用这份工作当饵，诱骗苔丝一步步走进他布下的陷阱。

最开始，苔丝努力提防着亚历克的不轨之心，与其保持一定的距离。但她独自在德伯维尔家工作，没有任何人能给她帮助，最终还是掉进了亚历克的陷阱。

在猎苑，亚历克趁苔丝精疲力竭的时候占有了她。

作为受害者，苔丝得到的不是同情，而是他人不怀好意的议论。这时，作为加害者的亚历克却完美隐身，甚至恬不知耻地说可以娶她，仿佛自己是那个救苔丝于水火之中的“好男人”。

苔丝拒绝了这个看似合理的要求。她对亚历克毫无爱情可言，即使她因未婚先孕遭受非议，也决不会嫁给这个伤害她的元凶。

然而，命运并没有眷顾这个可怜的女人。苔丝的孩子生下来没多久就夭折了，她为了逃避痛苦，也为了维持生计，来到离家乡很远的农场工作，并遇到了她的爱人克莱尔。

在与克莱尔的相处中，苔丝对未来有了新的憧憬，但也害怕自己的过去被克莱尔嫌弃。她一直想找机会向他坦白，可阴差阳错之下，直到结婚前夕，她也没能告诉他真相。

新婚之夜，克莱尔突然向苔丝坦白他在伦敦曾与一个萍水相逢的女人过了两天荒唐放纵生活的事实，请求她的原谅。苔丝不仅原谅了他，还误以为自己也可以被原谅，所以将自己不幸的过去全部告诉了他。可克莱尔却无法接受这个事实，远走巴西。苔丝成了弃妇，全部的希望都破灭了。

被克莱尔抛弃后，苔丝家也发生了变故，她主动挑起了家中重担。为了养家糊口，她不得不从事更多、更繁重的工作。

对苔丝来说，一个没有权力与资源、也不被人尊重的女性，想要靠自己养家赚钱简直是天方夜谭。

正当她陷入绝境的时候，命运开玩笑般地让她又遇到亚历克。更可笑的是，这个让她人生变得不幸的男人摇身一变，成了一名劝人向善的传教士。但是本性难移，亚历克根本没有改邪归正，依旧缠着苔丝不放。

苔丝给克莱尔写了许多封信，请求他的原谅，希望他能早日归来，却从未收到过回信。再加上父亲去世、家人被房东扫地出门等一连串的变故，她不得已成为亚历克的情妇，以换取经济上的支持。

就在她接受现实，打算就此度过余生时，克莱尔突然出现在她面前。她悲喜交加，悔恨不已，情绪失控之下，杀了玩弄她感情、蹂躏她肉体的亚历克。

社会悲剧

十九世纪后期，资本主义制度逐渐渗透到英国农村地区。农村自给自足的经济形态被破坏，农民失去了土地和生产资料，被迫成为资本家雇佣的劳动力，被资产阶级无情地剥削。

苔丝的父亲作为农场小贩，也是被剥削的底层人民。他麻木、虚荣、嗜酒如命，长此以往，苔丝家的生活越发困顿。

当他得知自己有贵族血统时，他顿时生出毫无意义的虚荣心，整日沉溺于幻想之中，对家庭不管不顾。她的母亲同样虚荣，让本就困窘的生活更是难挨。

苔丝从出生起就与贫穷为伴，身为家里的长女，小小年纪就十分懂事。她的父母被金钱与血统诱惑，劝诱她去拜访德伯维尔家，体面的说法是与亲戚多走动，实际上是毫无自尊地乞讨。

在资本家亚历克面前，美丽单纯的苔丝就是任其摆布的玩具。经济条件和阶级地位都处于弱势的她根本无处可逃，一时大意被亚历克诱奸，从此被打上失贞的烙印。

在苔丝生活的维多利亚时代，女性的权益无法得到保障。她们的欲望被压抑，背负着名为贞洁的十字架。社会规训女性，向她们灌输“妻子的贞操是丈夫的特权，妇女失去了贞操便是不洁”的观念，女人不是拥有独立人格的人，而是变成了男人的所有物。

明明苔丝才是那个“被迫失贞”的受害者，却因为当时的贞操观念，被村子里的人歧视谩骂，甚至在新婚之夜向丈夫坦陈过往后被抛弃，然而让她不幸的罪魁祸首亚历克却没有受到任何惩罚。在国家权力被资产阶级掌握的时代，亚历克对她的占有，只是一件不足挂齿的小事。

资产阶级的虚伪，在苔丝的爱人克莱尔身上表现得淋漓尽致。他表面上是一位进步的青年知识分子，但是内心依然遵循封建伦理的贞操观。

在得知苔丝失贞前，他眼里的苔丝就是完美女性的化身。然而，当在新婚之夜听到苔丝陈述过往后，他眼里的苔丝瞬间变成了一个不体面、没见过世面的乡下女人，还自顾自地给她刻上了“不洁”的印记。

讽刺的是，被这种贞操观束缚的只有女性。克莱尔也曾有过一次放荡的生活，可当他向苔丝坦白后，立马得到了她的原谅。

当同样的境遇发生在苔丝身上时，况且苔丝还是受害者，克莱尔的态度却大相径庭。他不仅不原谅苔丝，还不顾她的哀求，狠心远走巴西，留下她一人承担一切。

两人完全不对等的关系揭露了维多利亚时期伦理道德的虚伪和堕落。小说中，真正放荡的黑桃皇后和红方皇后、花花公子时期的亚历克、与陌生女人厮混过的克莱尔，都没有被资产阶级的道德观惩罚，反而是被诱奸的苔丝被名为“贞洁”的凶器杀死，成了男权制度下的牺牲品。

性格悲剧

苔丝的悲惨命运和她的性格密切相关。

一方面，虽然生活给她带来的都是不幸，但是她勇敢承担责任，保持纯洁善良的天性，努力追求幸福，敢于同虚伪的社会道德以及陈旧的社会习俗抗争。

苔丝被亚历克诱奸后，并不会为了保全自己的名誉与亚历克交往，更不会相信他的花言巧语，而是果断离开了这个罪人。回去的路上，她望着墙上“不可奸淫”的宣传语，嗤之以鼻地反驳说她不信上帝说过这种话。

因为苔丝的孩子是私生子，父亲不允许这个孩子去教会洗礼。被父亲阻止后，她私下里代替牧师为自己的孩子洗礼，减轻他身上的罪孽。孩子不幸夭折，无法按照基督徒的仪式埋葬，她就偷偷给孩子插上缀满鲜花的十字架。

第二次遇到亚历克时，她对他给予的许诺依旧无动于衷，甚至用皮手套不停地抽打他的脸，直至抽出满脸的血印子。当她意识到自己的人生被他彻底毁掉后，她毫不犹豫地将其杀死，最后被处以绞刑，以生命为代价，反抗资产阶级的剥削和压迫。

当时的英国法令与教会规定，禁止丈夫与其逝去的妻子妹妹结婚，可她偏要让自己的妹妹嫁给克莱尔。至死，她都在与教会和法律作斗争。

另一方面，苔丝的宿命论、家庭观，让她无法彻底摆脱资产阶级道德观对自己的束缚。

苔丝将自己失贞的缘由归结于自己的警惕心不够高，明明她才是受害者，却仍旧用这些陈腐的规矩去审判自己。无论时间过去多久，她从未忘记自己是个有罪之人。在牛奶厂工作时，面对克莱尔的追求，她因自己是失贞之人而顾虑重重，始终不肯接受克莱尔的爱。

爱情会让人失去理智，最终她还是答应了克莱尔的求婚。纯洁善良的天性让她无法欺骗自己的爱人，但她也是一再拖延，直到结婚当日才坦白。当知道一切的克莱尔弃她远去时，她对丈夫没有一丝埋怨，反而承担起所有的责任，一个人默默地接受生活的苦难。

宿命论影响着苔丝的想法，她认定自己是个罪人，被克莱尔抛弃也是自己罪有应得。克莱尔远走他乡后，她对外从不自称是他的太太，以免对他的声誉造成影响。

综观苔丝的一生，小小年纪便承担起养家的责任，成年后被迫失贞，还因为这件事痛苦不已，觉得他人的不幸都是自己造成的。她强加在自己身上的原罪论，让她带着负罪感、自卑感生活，无声无息地将自己束缚在传统社会编织的网里，走向注定死亡的结局。

这部小说的副标题是“一个纯洁的女人”，显然作者哈代想要追求一种更高级的道德观。他试图找到新的普世标准，而在这个新的标准里，女性可以顺应天性，不再被舆论和传统道德观念影响。

苔丝的一生是悲惨的。人们在同情她的同时，不由得会去思考整个社会对女性的态度是否足够宽容，是否能够允许女性更自由地寻找幸福。

透过百年前的苔丝审视当下，依旧存在着诸多道德偏见，女性的自由依旧被限制，女性仍然被隐形的“贞洁”威胁。

女性总会听到各种“为你好”的劝告，比如对穿着的警告、对出行的提醒、对某些行为的隐性批判。这些看似日常叮嘱的背后，其实隐藏着无数现实中的不平等和偏见。女性需要保有的，是男女平等的权利，是自我觉醒的意识。

《白鹿原》田小娥：
一首『红颜祸水』的悲壮史诗

创作背景

《白鹿原》是中国现实主义作家陈忠实创作的长篇小说，讲述了自一九一一年辛亥革命到一九四九年新中国成立期间，白鹿村白、鹿两大家族三代人的恩怨纠纷。

陈忠实在《寻找属于自己的句子》一书中曾讲述，他在查阅蓝田县志时，发现在二十卷县志中，竟然有四五卷专门记录贞节烈妇的事迹。他从县志冷冰冰的文字里，感受到了女人本性所受到的摧残，便产生了塑造一个纯粹出于人性本能而发起抗争的抗争者和叛逆者的人物形象的想法。于是，就有了这个名留中国文学史的人物——田小娥。

作为《白鹿原》里鲜活的女性形象之一，田小娥用她那充满生机的灵魂，不断反抗这个封建社会，但是她的反抗在强大的封建势力面前显得那么渺小。她挣扎过、反抗过，最终付出了生命的代价。她的灵魂仍在奋力地喊出内心的不忿，直指这个扼杀女性本性的封建社会。

悲怆的反抗者

田小娥从出场就是一场悲剧。她年轻貌美、生机勃勃，却被自己的父亲卖给村里那年过半百的郭举人，不仅要忍受郭举人大老婆的冷眼和监听，还要被迫成为他延年益寿的“泡枣”工具。

在这里，她得不到作为人应有的尊严和价值。她哭诉着对黑娃说的那句“姐在这屋里连只狗都不如”，正是她凄惨生活的写照。

长期遭受身心折磨的田小娥，在“三从四德”“三纲五常”的压迫下，只能忍气吞声地活着。但她还是以“用尿泡的枣给那个老不死的吃”这样的方式反抗着这个家。

黑娃的出现唤醒了田小娥身上被压抑的野性和欲望。她主动挑逗勾引黑娃，享受与他偷情带来的精神刺激。两人情到浓时，她甚至主动提出让黑娃带她私奔。

田小娥明明白白地告诉黑娃，哪怕他穷，她也愿意陪他一起去讨饭。幸运的是，黑娃没有辜负她的一片心意，当郭举人将她赶出家后，黑娃随即带着她回到白鹿村。

然而，他们的结合注定得不到世人的理解。白鹿村拒绝接受这个“丢脸丧德”的坏女人。白鹿村封建道德的捍卫者、族长白嘉轩禁止他们进祠堂、拜祖先，黑娃的父亲鹿三也将他们赶出家门。

尽管如此，田小娥和黑娃依旧对未来充满希望。他们住在村口破旧的窑洞里，靠双手谋生活。窑洞生活虽然过得清苦，但能够和心爱的人朝夕相处，生活也算自由自在。这段日子成了田小娥一生中最快乐的时光。

田小娥曾天真地以为黑娃是她未来的归宿，但“农运”的失败成为她另一场人生悲剧的开始。作为“农运”的主要领导者，黑娃不得不逃往外地，同样参加运动的田小娥却被残忍地抛下了。她为了避免被人报复，不得不用自己的身体换取一时的安全，后来为了救黑娃又不得不受鹿子霖的胁迫，成为白、鹿两家争斗的牺牲品。

田小娥在鹿子霖的挑唆利用下，为了报复白嘉轩，勾引他的儿子白孝文。可是，当她看到白孝文被绑在祠堂受罚时，内心深处又有些同情他。她发现自己被鹿子霖当作棋子后，便以在鹿子霖脸上撒尿的方式作为自己的反抗。

田小娥是被公公鹿三杀死的。鹿三作为封建伦理道德坚实的拥护者，决不姑息引诱自己儿子、伤害族长儿子的女人。他根本没有把田小娥看作自己的儿媳妇，只当她是一个败坏白鹿原名声的祸害，毫不留情地刺死了她。

痛苦的沉沦者

小说中反抗封建礼教的女性，除了田小娥，还有族长白嘉轩的女儿白灵。在白鹿村，白灵是第一个进私塾读书的女孩，她在新思想、新文化的熏陶下，拒绝接受父亲为其定下的包办婚姻，选择大胆追求婚姻自由。即使生活在男权社会中，她也拥有独立人格。

跟白灵相比，田小娥出身旧式的正统儒学之家，既没有接受过先进的思想教育，也没有掌握可以谋生的技能。她只是渴求婚姻自由，渴求被周围人认可而已，可就连这么简单的要求，对她来说都那么困难。她唯一能依靠的，只有自己的身体。她想通过身体和性来反抗这个父权社会，却又在反抗的过程中逐渐堕落。

田小娥通过用身体引诱黑娃来获得精神的解放。她与黑娃的结合始于欲望，终于爱情。在灵与肉的融合中，他们相爱了，她也因此摆脱了郭举人，成为黑娃的媳妇。即使后来与黑娃住在窑洞里过苦日子，她也很满足。

黑娃出逃后，在这个无人接纳她的白鹿村，她只能靠依附其他男人活下去。迫于生存的压力和拯救黑娃的初心，她不得不成为鹿子霖的情妇，接受他给予的金钱和食物。

从这个角度看，她是受时代压迫的女性；后来她被复仇蒙蔽了双眼，为了报复族长白嘉轩，主动勾引他的儿子白孝文，使其从前途无量的族长继承人，堕落成不学无术的败家子。虽然白孝文堕落的根源是其本性被压抑后的爆发，但导火索还是田小娥的引诱。

从这开始，她就从受害者变成了加害者。她用这种极端的方式挑战封建礼教，将封建大家庭的继承人拉入深渊，让他落得个被扫地出门、靠乞讨过生活的下场，甚至沦为鸦片的奴隶。

但她并没有大仇得报的快感，反而更加痛苦。她是个本性善良的人，想要的仅仅是能在白鹿村堂堂正正地生活而已。

作为一名封建社会中的女子，她想被白鹿村的村民认可，想和黑娃过正常人的日子，却被传统伦理和“吃人”的封建礼教杀死。她死前那声撕心裂肺的“大（爸）呀”无人在乎。

她不甘心就这样死去。她的怨念化成鬼魂，附在鹿三身上，毫不留情地撕下封建礼教文化虚伪的面具，大声控诉这个泯灭人性、不拿女人当人的社会。

“我到白鹿村惹了谁了？我没偷掏旁人一朵棉花，没偷扯旁人一把麦秸柴火，我没骂过一个长辈人，也没搡戳过一个娃娃，白鹿村为啥容不得我住下？……大呀，俺进你屋你不认，俺出你屋没拿一把米也没分一根蒿子棒棒儿，你咋么着还要拿梭镖刃子捅俺一刀？大呀，你好狠心……”她的怨念大到招来一场瘟疫。最终，她的尸骨被埋在土中，镇在六棱镇妖塔下。

周国平对女性的地位有过这样的描述：男权主义者在“女人”身上只见“女”，不见“人”，把女人只看作性的载体，而不看作独立的人格。田小娥遇到的每一个男人都是从利用她开始的，郭举人、鹿子霖从头到尾都是拿她的身体当工具，黑娃、白孝文一开始也是被她的身体所吸引，自始至终没有人关心她是否愿意。每当她觉得能掌控自己的身体时，她都会再次身不由己地沉沦下去。

制度的牺牲者

一九一一年爆发的辛亥革命，虽然推翻了两千多年的封建帝制，剪掉了人们头上的辫子，却不能立马剪掉他们心中的辫子，也不能推翻白鹿原延续几千年的封建制度。

白鹿原掌握话语权的白嘉轩、鹿子霖、徐先生等人，更是不能接受这个“男人剪辫子、女人不裹脚”的时代，所以就看到这样一幅场景：白鹿原外思想解放运动轰轰烈烈，白鹿原内却更加推崇代表儒家思想的《乡约》。他们将《乡约》作为教化族人、约束其行为的工具，制定各种泯灭人性的宗法制度。

在这套宗法制度下，反抗包办婚姻的鹿兆鹏被父亲连扇三个耳光、被迫娶亲，受欲望折磨而疯的冷秋月被自己的父亲灌了哑药，只为保全家族的体面。田小娥因“不守妇道”而遭到全村的唾弃，被禁止进入代表接纳的祠堂。她不仅生前被人唾弃，死后还要被全村当作妖孽，尸体被镇压在六棱镇妖塔下。这揭露了宗法制度冷酷无情的本质。

传统的宗法制度尤其强调女子贞洁大于天、女子三从四德的重要性，女子只能成为男性的附属品。她们无法直接接触社会，只能依附于或者受制于男性。在男权社会艰难求生的女人，需求被压制、被忽视、被轻视，不是被逼疯，就是被杀死。

田小娥被父亲卖给郭举人为妾，在郭举人家过着生不如死的日子，本就是被剥削、被压迫的受害者。她通过性来反抗悲惨的人生，却被封建社会贴上了“丢脸丧德”的标签，她的受害者身份被“失贞”这一封建礼教文化掩盖，她也因此变成了谁都可以拿着刀剜她肉的“不守贞洁的女子”。

她虽然没有意识到问题的本质，却本能地反抗封建礼教。她用自己弱小的力量与强大的父权社会对抗，必定会被其拖入黑暗的深渊，被迫成为掌权者的泄欲工具和两大家族争斗的牺牲品。

田小娥原本只想本本分分地生活，嫁给一个老实的庄稼汉，度过平凡的一生，然而这个残酷的社会连这一点点的生存空间都要挤压。被剥夺婚姻自由的田小娥，只能默默地被父亲卖掉，忍受郭举人毫无人性的虐待，接受扭曲人性的贞操观，逐渐被塑造成一个人人唾弃的“荡妇”，“生得痛苦，活得痛苦，死得痛苦”。

对封建礼教重拳出击的田小娥的一生是悲剧的一生，也是轰轰烈烈的一生。从她的身上我们可以看到，旧社会的女性想要维护尊严、活得自在是多么艰难。

可以说，田小娥身上背负着历史性的“原罪”。在旧时代，女性从出生起就被认定是一种罪过，只能处于男权社会的边缘地带。她们没有独立生活的权力，更没有为自己发声的资格，只能乖乖依附着男性过活。

时至今日，女性的社会地位虽然得到了很大改善，但在一些被人忽视的地方，女性依然遭受着不公平的对待。那个生于旧时代的“原罪论”，依旧是笼罩在女性头上的一片挥之不去的阴影。

《茶花女》玛格丽特：

不被信任的爱，

注定是一场悲剧

创作背景

《茶花女》是法国作家小仲马创作的长篇小说。一八四四年，刚满二十岁的小仲马对巴黎名妓玛丽·杜普莱西一见钟情，两人迅速坠入爱河。出身贫苦、已经沦落风尘多年的玛丽，为了维持生计，不得不背着小仲马周旋于上流社会的绅士之间。得知此事的小仲马，愤然写下绝交书，起程去北非散心。一八四七年，小仲马返回巴黎，得知玛丽因过度忧伤以及肺病复发病逝。玛丽去世四个月后，小仲马独自来到与玛丽居住过的乡村，不由得深深怀念起她。于是，他闭门写作。一年后，以玛丽为原型的小说《茶花女》问世了。

一八四八年，《茶花女》出版，引起了轰动。作为从浪漫主义向现实主义过渡时期的作品，一方面，它具有鲜明的浪漫主义色彩，故事情节曲折离奇，人物感情充沛奔放，爱情与死亡的主题动人心魄，悲剧意味浓烈的结局令人震撼；另一方面，它具有现实主义的批判力度，展现出了十九世纪中期法国社会的众生百态，深刻地揭示出在特定时代背景下人性被束缚、被摧残的真相，体现了作者对底层人民的人道主义关怀。

纸醉金迷并非本意

玛格丽特是个美丽、善良的乡村少女，她家境贫困，为了谋生来到巴黎，凭借出众的外表和聪敏的头脑，很快在社交圈崭露头角，成为众人追捧的对象。玛格丽特每天出门时，手里都会捧一束洁白的山茶花，因此，人们给她起了“茶花女”的雅号，这也成了她独特的标志。

表面上玛格丽特似乎过上了人人羡慕的富裕生活，实际上却是在出卖身体和灵魂。她心里明白，在上流社会那些贵族老爷的眼中，自己不过是满足他们虚荣心的玩物。正如她自己所说:“我们不再属于自己，我们不再是人，而是物。”

虽然这种花天酒地、纸醉金迷的生活让她十分空虚，但她放任自己沉沦其中，频繁出入各种高档场所、舞会，对什么事情都不上心，甚至连自己的身体也不在乎。她常年饱受肺病困扰，却依旧不管不顾地熬夜去剧场或舞厅看演出，与客人一起狂饮到半夜，不停地糟践自己的身体。

这样的生活并非玛格丽特本意。作为一名交际花，她只能想尽一切办法满足情人们的虚荣心，一旦自己不能让他们满足，不能再为他们提供情绪价值，很快就会被抛弃。她曾经因重病在床上躺了两个月，而仅仅三个星期后，就没有人去看望她了。现实就是这么残酷。

在玛格丽特的供养者中，有一位老公爵，因为玛格丽特长得像他早逝的女儿，对她极为疼爱。为了安慰老公爵孤苦的心，玛格丽特拿出大量的时间陪伴他。然而，老公爵的控制欲极强，不允许她和其他人来往，一旦违拗了他的意思，她就会被他以断绝经济支持来威胁。

玛格丽特悲哀地发现，世界上根本没有什么东西能温暖自己，也没有什么人会珍惜自己。无论是贵族青年还是老公爵，他们永远只把自己当作玩物。

玛格丽特在这种毫无未来可言的环境中逐渐迷失，悲观地觉得眼前的一切都是稍纵即逝的，必须得抓住一切机会享受。她感受不到痛苦，犹如一具没有灵魂的行尸走肉，对这个冷酷麻木的世界毫无眷恋，更加不爱惜自己的身体了。在如此糟糕的情况下，阿尔芒来到了她的身边。

阿尔芒与玛格丽特两年前就已经相识，当时的阿尔芒只是个初出茅庐的青年，在贵族圈游走的玛格丽特没有把他放在眼里。可阿尔芒对玛格丽特一见钟情，努力了两年才融入玛格丽特的社交圈。

看到如此不珍惜身体的玛格丽特，为了能让她对这个世界多一丝留恋，阿尔芒坦陈在她生重病的两个月里天天看望她的神秘人就是自己，并将隐藏在心底的爱恋说了出来，希望她不要再糟蹋身子，并且承诺愿意一直陪在她身边。

玛格丽特被阿尔芒的告白感动了，但她只把阿尔芒的感情看作一时的迷恋，还真诚地劝说阿尔芒不要为了她倾家荡产，也不要和家人闹矛盾。她明确地告知阿尔芒，自己不会对他付出真感情，让他不要奢求太多。

爱情价更高

作为交际花，玛格丽特从来不奢望得到爱情。虽然她被阿尔芒的诚挚和关怀打动，答应成为阿尔芒的情人，但是她不相信阿尔芒的爱情能长久，所以在与阿尔芒交往的同时，为了应付自己高昂的开销，她依旧和供养她的老公爵以及伯爵有来往。

但阿尔芒的真诚逐渐影响了玛格丽特，也改变了她的心意。她发觉自己对阿尔芒有爱意，是在收到阿尔芒的绝交信时，信上说他受不了自己的爱人与其他人交往，只能写下这封绝交信。

看到信的一瞬间，玛格丽特才明白，原来阿尔芒真的与其他男人不一样。他并不是因为她的外貌和身体才与她交往，而是真心爱着她。从那以后，玛格丽特决定与那些供养她的男人断绝关系，远离这种纸醉金迷的生活。为了能与阿尔芒真正在一起，她不惜得罪老公爵，拒绝接受他的经济支持，表明自己与过去生活的彻底决裂。

玛格丽特为了表示自己远离社交圈的决心，和阿尔芒搬到了乡下暂住。在陌生的乡下，她终于能放松精神，与爱人过着简单的生活。她不希望这段爱情被以前的生活打扰。她希望以后可以离开巴黎，前往意大利，在一个无人知晓她过往的城镇，与爱人过着平静幸福的新生活。

玛格丽特仿佛变了一个人。她从一个挥霍无度、花天酒地、靠出卖肉体满足自己奢侈生活的交际花，变成了一个替爱人着想、只追求真挚爱情的女子。从前的玛格丽特总觉得自己是一具毫无价值的行尸走肉，从未期待能在这虚假的名利场中获得真心。但是，随着与阿尔芒接触越来越深，她慢慢地拥有了完整的、与阿尔芒在精神上平等的人格。

与此同时，玛格丽特希望在经济上也能实现独立。因为断绝了所有的供养关系，在去乡下生活之前，她在巴黎还欠着大量债务。她希望成为与阿尔芒平等的爱人，而不是接受他供养的女人，所以不希望阿尔芒知道这件事。因此，她偷偷变卖马车和首饰来还债。

当阿尔芒知道玛格丽特将所有的首饰都卖掉时，他才发现她还欠着不少的债务。他主动提出要替爱人还债，但是玛格丽特拒绝了他的帮助。她不希望金钱玷污了他们纯洁的爱情。

玛格丽特早就对未来有了明确的计划：卖掉那些用不着的东西，还完欠款后与过去的生活一刀两断，清清白白地与阿尔芒一起生活下去。

为了真挚的爱情和自由的生活，她不再自怨自艾、麻木度日。她坚信自己可以获得幸福，并坚持不懈地追求真挚的爱情，斩断了与上流社会的所有联系，勇敢地迎接新的生活。

交际花也有尊严

就在玛格丽特以为自己终于能过上幸福的生活时，现实将她狠狠地打醒了。

阿尔芒的父亲是一个正派的税务官，当他听到自己的儿子与交际花在一起后，他十分生气，对玛格丽特并无半分喜爱和尊重。因为在他眼里，所有的交际花都难改其本性，总有一天会榨干儿子的钱。他绝对不会承认阿尔芒与玛格丽特的关系。而且，玛格丽特的交际花事迹在他们家乡传得沸沸扬扬，甚至影响了阿尔芒妹妹的婚事。阿尔芒的父亲决定亲自上门解决这个问题。

为了和玛格丽特在一起，阿尔芒据理力争，毫不让步。

他的父亲没有办法，决定从玛格丽特这里下手。两人见面后，玛格丽特表达了自己的决心——她已经与过去完全断交，并且卖掉了所有的首饰还债，只希望能与阿尔芒好好过日子。

玛格丽特的话确实改变了阿尔芒的父亲对她的态度，但他依旧不认同两人的关系。他转而打感情牌，希望她能为阿尔芒的名声和前途着想。

玛格丽特意识到，哪怕阿尔芒不在乎自己的过往，在世俗的眼里，这始终是个无法跨越的阻碍。

玛格丽特不想让阿尔芒的父亲看低自己，于是不再坚持，听从他的建议离开了自己的爱人。为了让爱人彻底死心，玛格丽特重新回到巴黎社交圈，并寄给他一封绝交信。

收到信的阿尔芒认定玛格丽特欺骗、侮辱了自己，对她满腔怨愤，不遗余力地找机会伤害她、讥讽她、羞辱她，散布谣言栽赃她，甚至让她的对头奥林普做了自己的情妇。即便到了这一步，玛格丽特也不愿意违背对阿尔芒父亲的承诺，把真相说出来。

玛格丽特对阿尔芒的感情不是假的，但为了阿尔芒家族的荣誉以及她的尊严，她只能割舍掉与阿尔芒的爱情，独自承受爱人的打击和报复。但她不曾怨恨他，只是默默地忍受这一切。她因为伤心过度再次病倒，而且病得比以前更严重了。

玛格丽特知道自己时日无多，她不愿带着遗憾悄悄死去，写信将所有真相告诉了阿尔芒。两个月后，她终于收到阿尔芒的回信。她重新燃起希望，期待再次见到爱人。可惜的是，直到弥留之际，她也未曾见到爱人最后一面，最终带着深深的遗憾告别了人世。

阿尔芒赶回巴黎，看到的只有玛格丽特的坟墓。他读着玛格丽特留下的日记，才终于知道她的隐忍。

阿尔芒的父亲所捍卫的道德观念是玛格丽特悲剧的根源。十九世纪的法国，封建门第观念根深蒂固，作为社会底层交际花的玛格丽特遭受着经济和精神的双重压迫。

在阿尔芒的父亲的眼里，玛格丽特的身份只会让自己的家族受辱。他可以站在道德制高点肆无忌惮地指责她。

玛格丽特意识到，阿尔芒的家族不会接纳她。虽然她不舍得与阿尔芒的感情，但与其为爱备受屈辱，不如就此为这段感情画下句号。这样既保留了自尊，也维持了爱情的纯粹。

为了追求真挚的爱情，玛格丽特勇敢违背世俗生活的规范。面对上流社会的摧残，她勇敢地与其抗争。虽然最终没有冲破封建礼教的藩篱，但是她用生命向那个社会提出了控诉，无声却又振聋发聩。

《包法利夫人》艾玛：

她既想死，又想去巴黎

创作背景

《包法利夫人》是法国作家居斯塔夫 · 福楼拜创作的长篇小说。创作《包法利夫人》时，福楼拜阅读了大量的真实材料，女主人公艾玛的形象以及悲剧结局来源于真实的乡村医生夫人服毒自杀案件。书中看似描写了一个普通常见的桃色故事，但作者通过细腻的笔触，展现了一个时代的缩影。为了细节能更准确，福楼拜不仅找专业人员详细核实书中所描写的金融问题，还亲自吞下砒霜体验艾玛的感受。正是因为对真实细节的把控，福楼拜才把小说中的人物塑造得活灵活现。

小说讲述女主人公艾玛为了追求浪漫的爱情，最终走向堕落毁灭的悲剧故事。艾玛受错误的教育毒害，将自我价值和浪漫的爱情高度绑定，不惜欠下高额的债款去追求浪漫的爱情，最终被债款逼到服毒自杀。福楼拜通过小说批判了消极浪漫主义文学的不良影响，也抨击了上流社会贵族人士的丑恶嘴脸。

教育误导的悲剧

艾玛自幼被父亲送入修道院接受贵族式的教育。他希望能把女儿培养成一位贤妻良母，确保未来能有一门好婚事。

艾玛会刺绣，会弹钢琴，也会画画，性格外向，喜欢天马行空。但她毕竟在修道院生活学习，必然要接受宗教里崇敬圣人、克制欲念的理念。这些古板的教育与艾玛丰富的幻想、热烈的情感有着不可调和的矛盾，过度压抑和束缚的情感一旦爆发会极其猛烈。

因此，当她遇到了治好父亲腿伤的医生夏尔后，她一下子被可靠的夏尔吸引，心中迅速燃起了爱情的火焰。

可是，现实与理想相差太大。结婚时，艾玛想要一个在半夜举行的火炬婚礼，可没有人能够理解她的浪漫。最后，她只收获了一场普通的婚礼。

结婚后艾玛才发现，真实的婚姻并不符合她对爱情的幻想，不禁大失所望。现实中的夏尔其实是一个才貌平平的庸人，他不会游泳，不会击剑，更不会开手枪，说起话来毫无新意，穿衣打扮更是引不起别人的兴趣。他不仅言谈举止缺乏风度，大事上更是没有主见。

在精神层面，他无法与艾玛同步，也没办法察觉到艾玛细腻的心思，这完全背离了她心中对爱情的向往。但这时她的欲望还未觉醒，丈夫也并没有讨厌到让她忍无可忍的地步，因此她还是尽量维系着这段婚姻，直到一次意外的舞会打破了这一切。

艾玛和夏尔受邀参加安德威烈侯爵举办的舞会。在舞会上，她见识了何为真正的上流社会。餐厅内的摆放考究高雅，每位宾客的举止谈吐都透露出高贵的气质。这次舞会让她难以忘怀，经此一事，她对贵族生活更加向往。

艾玛专门买了一张巴黎地图用以游览都城，订了妇女杂志用以了解最新的时尚穿搭。她还读赛马的消息和剧院演出的实况报道，读巴尔扎克的小说，把小说里的贵族和邀请她跳舞的子爵联系起来。

艾玛在修道院里受的教育是脱离实际的，她对上流社会贵族和爱情的理解，全都来自她读过的浪漫主义小说。这些小说描写的都是贵妇人的爱情，艾玛不自觉地将自己代入这些贵妇人角色，在幻想中体验奇特又浪漫的骑士爱情。

现实中，法国贵族腐朽堕落，艾玛想象中的骑士在现实社会里都是擅长操控人心的伪君子。他们用甜言蜜语引诱女性堕落，哄骗她们送给自己昂贵的礼物，在不知不觉中为他们背负一身的债。艾玛对浪漫爱情的追求与残酷的现实之间的落差，是造成她悲剧般的命运的原因之一。

艾玛所受的家庭教育是造成她悲剧般的命运的另一个原因。在艾玛生活的时代，女性接受的家庭教育只重视女性的外在教养，对她们内在性格的培养少之又少。

在需要有人指引的青春期，母亲突然去世，因此艾玛没能及时从浪漫主义小说的错误引导中走出来，反而越陷越深，母亲角色的缺失让她与现实世界的隔阂越来越大，因此当她一脚踏入残酷的社会中时，她摔得极其惨烈。

爱的背后是现实

这次舞会在艾玛的心中撕开了一道口子，仿佛在呼唤艾玛抛弃这普通的世界，去往“真正的”世界。从舞会回来后，她时不时地回忆当时的场景，这种留恋的感觉让她更加厌恶现实生活。她不切实际地幻想着，那个舞会的世界才是自己真正的归处。

然而，她越追求浪漫，就越容易剑走偏锋，最后吃亏上当，被人算计。

花花公子罗多夫在见到艾玛的瞬间，就敏锐地察觉到她对丈夫的不满，以及她神情中难以遮掩的、对贵族生活的向往。他决定用自己的风流手段虏获艾玛的心。

艾玛本身就向往贵族式的爱情，在罗多夫的猛烈追求下，顺理成章地成了他的情人。在她看来，这是她心中理想的爱情再现，因此爱得格外用心。

艾玛对罗多夫无法自拔的爱与她对上流社会的爱是一致的。艾玛经常把罗多夫当作巴黎的化身，不惜在他身上花费大量金钱，只为满足她对上流社会的幻想。不管是漂亮的马鞭还是其他物件，只要她觉得是上流社会的标志，就一定会去买。即使是不断赊账，她也会继续买。

艾玛这种不正常的物质崇拜，其实是她尝试跻身上流社会的途径。身为女性，她明白自己无法跨越阶级，毕竟自己只是个普通的富农少女。在她眼里，罗多夫是她往上爬的唯一途径。她用尽手段讨好罗多夫，希望他能给予自己理想的爱情，就像浪漫小说中的骑士一样。

渐渐地，她不再满足于精神的出走，还想突破身体的困境，于是向罗多夫提出私奔。罗多夫肯定不会答应她这个要求，他决绝地写下了一封信，与她彻底断绝了关系。

被罗多夫伤害后，艾玛很快将希望寄托在下一个男人身上。其实，在罗多夫之前，有一位名叫莱昂的男性一直对她抱有好感。他们志趣相投，一起探讨文学，一起畅聊音乐，仿佛是相处多年的老友。莱昂自然也被艾玛独特的气质吸引，并且曾将自己的心意倾诉给她。

但那时候的艾玛尚未沉溺于爱情当中无法自拔，她拒绝了莱昂的心意，爱恋无望的莱昂只能心灰意冷地奔赴巴黎求学。

两人再度相遇是在歌剧院里，此时的艾玛刚刚经历情伤，见到莱昂后，心中不由得燃起新的希望。莱昂重新追求艾玛，一次次地倾诉自己的爱慕之情。艾玛很快就沦陷了。

他们的感情迅速升温，艾玛将自己的热情全部投到莱昂的身上。很快，由于她的过度热情和患得患失，莱昂不再对她感兴趣。最后，她意识到，莱昂也只是逢场作戏而已。

艾玛既不懂得规划生活，也不会经营爱情。她为了获得浪漫的爱情，不惜投入大量的精力和财力，欠下一大笔债款，去维持与情夫之间的关系。

艾玛落得个负债累累的结局，与她的父亲脱不了干系。对失去母亲的艾玛来说，父亲的管教变得格外重要。可是，父亲灌输给艾玛的，只是奢靡享乐的思想，完全忽视了她的精神世界。

她的父亲是一个富裕的农民，在物质生活上绝对不会亏待女儿，并且总是以超出自己阶级的做派去生活，把自己当成贵族。

受父亲的影响，艾玛也极致地追求物质生活，婚后依旧大手大脚，特别是为了讨情夫开心，不管不顾地借高利贷，直到被债务逼到服毒自杀。

父亲在教育艾玛这件事上无疑是失败的。他只在物质上关爱女儿，却对她的精神世界漠不关心，这一点从他完全主导艾玛的婚事上便能看出。他认为把艾玛嫁给夏尔是最合适的，根本没考虑过艾玛的感受。艾玛想要的是能与她在精神上有所共鸣的伴侣，而不是一个无法给自己提供情绪价值的男人。

不符合传统的母亲

艾玛不是传统意义上的完美女性。她不停地对束缚自己的社会进行反抗，既不是一个温柔顺从的好妻子，也不是一个慈祥仁爱的好母亲。在男性主导话语权的世界里，好妻子、好母亲是衡量女性价值的主要依据。女性生活在男性塑造好的观念里，为他们的感受而活。

艾玛缺乏母性意识，很可能源于她对强加在女性身上的“美好枷锁”的厌恶。她大胆追爱的行为，以及对浪漫主义极端狂热的态度，让她在当时的社会环境中显得格格不入，也与所谓“贤妻良母”的女性形成鲜明的对比。

比起每天相夫教子、疲惫不堪地操持家务，付出巨大的代价获得男性的认可，艾玛更愿意欣赏自己的女性魅力。她根本不在乎社会对女性的要求，而是保持心灵的独立。

虽然艾玛比其他女性更特立独行，但作为一名生活在父权社会的女性，她不可避免地会受到环境的限制。

在待产的时候，艾玛希望生下身体强壮的男孩。她从女性角度出发，早已意识到在父权社会中女性处境的不平等。她自己受到性别的限制，无法实现真正的自由，所以希望自己的孩子是男孩，这样就能摆脱女性的悲惨命运。但这种想法实际上就是承认男性是优越的、掌握权力的，艾玛也没有跳出当时一般女性的思维牢笼。

对于孩子，艾玛最初也充满期待与好奇，但年轻的她没有做好准备，无法担负起做母亲的责任，将迎接新生儿的工作都推给了别人。女儿出生后，她并没有用心维系母女之间的关系，两人越来越疏远。

艾玛将全部的热情投入幻想的爱情当中后，女儿更是成了阻碍她追求自由生活的枷锁。她从来不是合格的母亲，也缺乏母爱。她那不幸的女儿并没有从她这里感受过一点儿关心和爱意。

艾玛确实没有迎合社会对女性的需求。她拥有独立的人格与追求浪漫的理想，但并不是一个完全具有现代意识的女性。她无法脱离环境的影响，觉悟不高，目光短浅，鄙视传统又依附于传统。正是这样复杂矛盾的性格，才让她成为一个具体的、有欲望的女人，让人忍不住感慨她悲剧般的命运。

《欧也妮·葛朗台》欧也妮：

她家财万贯，

却一生在还爱情的债

创作背景

《欧也妮·葛朗台》是现代法国小说之父巴尔扎克创作的长篇小说。巴尔扎克出身富商家庭，父母给他规划的人生是做律师，他却一心想成为文学家。

十九世纪的欧洲经过两次工业革命开启资本主义时代，一些资产阶级依靠雄厚的经济实力成为新兴贵族，用金钱敲开上流社会的大门，获得权力和地位。金钱逐渐成为他们衡量一切价值的标准。

《欧也妮·葛朗台》讲述了一个用金钱考验人性的故事：贪婪的守财奴葛朗台，为了金钱可以放弃女儿的婚姻，可以放弃妻子的生命，最终留下巨额财富死去。他的女儿欧也妮则完全相反，不管是贫穷还是富有，她始终保持善良纯朴的心性。为了爱情，欧也妮倾其所有，却没有得到真爱，最后孤独终老。这部作品描写的是家庭日常生活中的一个个细节，却足够发人深省。正如巴尔扎克所说，这是一部“没有毒药，没有尖刀，没有流血的平凡悲剧”。

扭曲的父亲，善良的女儿

欧也妮作为富商葛朗台的独女，从小没有享受过一天富裕的生活。父亲是远近闻名的吝啬鬼，她自幼就和父母以及用人住在一座阴暗破旧的百年老宅里，过着清苦俭朴的生活。

欧也妮除了偶尔和母亲去教堂，大部分时间被困在那座阴森凄凉的老宅里，在肮脏的天棚下日复一日地做着针线活儿。她没有时间交朋友，没有时间玩耍，但并不觉得辛苦，反而开心满足地过着每一天。她被偏执的父亲控制在这间小屋内，却并没有变成与父亲一样扭曲的人，一直保留着人性的温情与善良。

故事开始于欧也妮二十三岁的生日宴会。宴会当天，小镇上所有的有钱人都来了，其中不乏欧也妮的爱慕者。这些爱慕者看上的并不是欧也妮本人，而是她身后葛朗台家丰厚的财产。父亲葛朗台明白这些人的心思，他利用人类贪恋的本性，想通过女儿的生日宴会，让这些人都拿出值钱的东西，大赚一笔。

然而葛朗台的如意算盘落空了，这些男人虽然带了礼物，但都是葛朗台眼里不值钱的垃圾。欧也妮却不这样想，她看着这些礼物，兴奋不已，因为每一件都精美绝伦。她不关心它们的金钱价值，只关心它们精致的外表。她特别高兴，心满意足地收下了这些礼物。

在生日宴会上，每个人都心怀鬼胎。他们虚情假意地恭维着对方，只有欧也妮和母亲是发自内心地开心，接受大家美好的祝福，享受幸福的夜晚。

欧也妮以为大家都是真心实意的，殊不知，他们只关心自己的利益。她更不知道，自己早已成为父亲的筹码。在父亲心里，她就是标着高价的商品。

堂弟夏尔的出现，让欧也妮天然地产生好感。夏尔的一切都让欧也妮感到好奇和羡慕，她从未见过如此漂亮的男人。他那光亮鬈曲的头发散发着阵阵香气，娇嫩的双手犹如白色大理石一般，而那体面时髦的装束，简直快把欧也妮的魂儿勾走了。

当欧也妮得知夏尔要住在家里时，她自告奋勇地帮他布置卧室。她把家里的贵重物品都找出来，尽可能地让肮脏简陋的卧室变得干净整洁一些。她甚至拿出自己的钱，让用人拿侬去买奢侈的白蜡烛和糖，招待远道而来的夏尔。

然而，她费尽心思布置的卧室，在巴黎长大的夏尔完全看不上。对他来说，这只是一间破旧不堪的房间。他完全没注意到欧也妮的用心。

堂弟的到来让欧也妮兴奋得睡不着觉。她无时无刻不在想着漂亮的堂弟，甚至在睡前祷告时都心不在焉，忍不住感叹他的美貌。然而，欧也妮不知道的是，夏尔虽然有着帅气的外表，实际上却是个不务正业的浪荡子。

苦难是爱情的催化剂

欧也妮从父亲的口中得知了夏尔父亲自杀的消息。听到这个噩耗，欧也妮和母亲都哭了。善良的她一边替夏尔感到难过，一边为从未见过面的叔叔祈祷。

葛朗台却把这个没有得到遗产还欠一身债的亲侄子当作累赘，完全不在乎死去的是自己的亲弟弟，这种冷漠令人骇然。为了不损害自己的财产，葛朗台打算将夏尔打发走。

欧也妮尚未萌芽的初恋转瞬即逝。她很难过，却怕被父亲察觉，只能小心翼翼地将这份悲伤隐藏起来。

夏尔在听到父亲自杀的消息后，愣了片刻，随即哭了出来。他不是为父亲的离世哭泣，而是埋怨父亲没有给他留下遗产。他是在为自己今后的生活哭泣。

葛朗台看着夏尔哭泣的样子，嫌弃地说了句:“这孩子没出息，把死人看得比钱还重要。”完全忘了他嘴里的死人就是他的亲弟弟。在葛朗台眼里，无利可图的亲戚关系根本不需要维护。

欧也妮也误会了夏尔的反应，以为他在为他可怜的父亲难过，对他的好感又提升了不少。

欧也妮为了安慰伤心的堂弟，与拿侬花费两个小时，一起为他做了一顿丰盛的午餐。夏尔对这顿午餐根本看不上眼，甚至毫无食欲。

天真的欧也妮被突如其来的暗恋蒙蔽双眼，根本察觉不到夏尔的敷衍。她私底下还有些高兴，叔叔的破产和离世拉近了两人的距离，他不再是那个高不可攀的巴黎少年，而是一个遭难的孤儿，一个穷困潦倒的亲戚。

也就是这个时候，欧也妮明白了什么是“破产”，什么是“一百万”，也知道了父亲富甲一方的事实。

苦难有时能成为爱情的催化剂。当得知夏尔急需金钱时，欧也妮毫不犹豫地拿出了自己所有的金币。这些金币对她而言本无价值，让它为夏尔助力也好。

欧也妮甚至跪地恳求夏尔收下这笔钱。夏尔假意落泪，接过金币的同时，也带走了她的心。作为回报，他将亡母的梳妆匣交与欧也妮保管，以此表明心意。

欧也妮为爱倾尽所有帮助夏尔，而夏尔回赠母亲梳妆匣的举动，让她误以为两人的感情已步入正轨。此后，两人频频私下约会，哪怕只是寥寥数语，也足以让她整日心花怒放。

这段时光如此美好，她沉浸在爱情的甜蜜中，渴望爱人能永远陪伴左右。然而，幸福总是短暂的，夏尔为完成父亲的遗愿，即将起程前往印度经商。欧也妮以为的情深意切，终究敌不过现实中的离别。

在与爱人分别时，欧也妮深情地许下等他回来的誓言，夏尔也许下了同样的誓言。欧也妮信以为真，却不知这只是他众多谎言中的一个。本质上，他仍是那个自私自利的巴黎少年，绝不会为了乡下的情人放弃更好的发展机会。

越珍惜感情的人越孤独

与夏尔分别后，欧也妮一夜之间变得更加成熟。她不再是那个只知道埋头干针线活儿的女孩，她的心中多了一份牵挂。她无时无刻不在思念爱人，甚至买来一幅世界地图挂在房间，目光追随着地图上夏尔航行的轨迹，心已随他一同飘向遥远的印度。

不久，葛朗台发现欧也妮的钱不翼而飞。她鼓起勇气向父亲坦白，面对父亲的责骂，她第一次顶撞道:“我有支配这笔钱的权利没有？有没有？是不是我的钱？”这番话激怒了父亲。他将欧也妮锁在她的房间，不许她出门，甚至禁止她与母亲见面，每日只给她冷水和面包果腹。即便如此，欧也妮依旧不肯屈服。

父亲发现了夏尔留下的梳妆匣，试图用刀子将其撬开，欧也妮情急之下拿起刀以死相逼，这才保住了爱人留给她的定情信物。在她心中，这个信物甚至比生命更重要。然而，当一个人的世界只剩下爱情时，人生也极易破碎。

七年的时间转瞬即逝，欧也妮的父母相继离世，父亲留给她一笔巨额遗产。然而，对欧也妮来说，她真正的珍宝并非这些遗产，而是夏尔留下的梳妆匣。它不仅是两人的定情信物，更是支撑她度过漫长七年的精神支柱。

欧也妮终于等来了爱人的回信，却是一封绝交信。信中，夏尔坦言虽然一直思念她，但为了获取在巴黎的权力与地位，他决定与一位贵族小姐结婚，无关爱情。

关于梳妆匣，他写道："我的梳妆匣，可托驿站带回。"读到这里，欧也妮痛苦地喊道："交驿站带回！我用生命保卫的东西，交驿站带回！"

面对夏尔的背叛，欧也妮没有指责他，而是默默地接受了被抛弃的命运。然而，对夏尔的思念已成为她生命的一部分。她用最真挚的情感为他做了最后一件事：归还梳妆匣，并替他还清叔叔的债务。

经历这一切后，欧也妮真正长大了。她听从神父的建议，决定履行社会义务，以保持童贞为前提嫁给了所长。她明白所长娶她并非出于爱，而是觊觎她的财产，甚至盼她早点儿去世以侵吞遗产。然而，命运弄人，所长在欧也妮三十三岁时突然去世，她成了寡妇。从此，她拥抱孤独，与那数不尽的财富和一颗早已死去的心一起，度过余生。

欧也妮最可贵的品质是纯真与善良。尽管人生坎坷，她始终心怀宽容与善意。她从未将金钱放在心上，也不曾为金钱出卖感情。她最不在乎的东西，最终却成为吞噬她的罪魁祸首。

《雷雨》蘩漪：

她是一柄犀利的刀，愈爱愈伤

创作背景

《雷雨》是剧作家曹禺的首部作品。一九三三年，他完成初稿后，将手稿交给在南开中学读高中时的同学——正在筹备《文学季刊》的靳以。靳以先后将手稿推荐给《文学季刊》的第一主编郑振铎、编委李健吾，两次推荐均以失败告终。后来，这份手稿辗转到了作家巴金的手上，当晚巴金一口气读完，第二天将其推荐给郑振铎，并建议将这份手稿一次性刊登在《文学季刊》一卷三期上。《雷雨》这才得以顺利出版。

《雷雨》以一九二五年前后的中国社会为故事背景，讲述了一个带有封建色彩的资产阶级家庭悲剧。故事以周家和鲁家的八个人物为主线，两个家庭跨越三十年的恩怨，在短短的二十四小时内，在一个雨夜全部爆发。原本还比较体面的两家人，因突发的变故均落得个支离破碎的下场。

蘩漪是《雷雨》中的重要人物，深受封建家庭的压迫。作为周朴园的妻子，她的生活看似优渥，实则孤独又绝望。蘩漪的内心充满了对自由与爱的渴望，但现实的无情与家庭的桎梏让她绝望万分。

渴望自由的旧女性

蘩漪出身于传统大家庭，虽在封建家庭环境中长大，但五四运动不可避免地影响了她的思维和成长道路。新式教育拓宽了她的精神世界，她接受了新思想与新事物，她心中的完美家庭是充满爱与自由的。

为了家族利益，十八岁的蘩漪被迫嫁给大她十几岁的周朴园。起初，她还是期待能与周朴园和睦相处，共同经营婚姻的。

然而，随着她逐渐认清周朴园的冷酷残暴，以及周公馆的封建礼教，她意识到自己不过是这个家中的“花瓶”，不能有自己的思想与情感，只能对丈夫唯命是从。

蘩漪渴望的爱情、理解与包容，在周朴园身上毫无踪迹。

蘩漪如同笼中之鸟，虽衣食无忧、生活奢华，却毫无快乐可言。她的精神与肉体都被周朴园牢牢禁锢，她没有一点儿话语权，连自己卧室的摆设也无法做主。

自她嫁入周家，家中大小事务皆由周朴园决定，仆人从未与她商议过任何事。

周朴园经常逼着蘩漪喝中药，总说她生病了必须喝药。

蘩漪对此怨念颇深，却不敢反抗，每次只能硬着头皮喝掉难以下咽的中药。有一次，她终于忍无可忍，思考许久后决定把药倒掉。她气恼自己的软弱，连倒一碗药都如此犹豫。

若是刚入周家的蘩漪，她肯定会直接倒掉这碗药，因为周朴园未询问她的病情，也未请医生诊断便随意开药，这是对她的不尊重。然而，时间久了，蘩漪发现自己根本没有任何权利，一切皆由周朴园掌控。她要做什么，要去哪里，都得听他的。

蘩漪心有不甘，却不敢反抗，心里积攒的怨气越来越多，偶尔忍不住便会流露几分。这次拒绝喝药，实则是她对周朴园的反抗。她渴望平等与尊重，不愿再做任人摆布的笼中鸟。

周朴园是旧社会封建家族的典型代表，作为一家之主，他决不允许任何人质疑他的权威。因此，得知蘩漪拒绝喝药后，他亲自来到她面前，盯着她将中药喝掉。

蘩漪试图挣扎反抗，拒绝喝药，但周朴园步步紧逼，甚至以两个孩子相威胁，声称如果她不喝，就让孩子们跪下来求她。

蘩漪不愿在孩子面前失去尊严，无奈之下，只能将药喝下。她痛恨周朴园的蛮横无理，恨他从未考虑过自己的感受。她明白，自己无法在周朴园的阴影下找到真正的幸福，但现实的压迫让她不得不暂时屈服。然而，她的心中始终燃烧着一团火焰，等待着某一天能够彻底冲破这牢笼，重获自由。

短暂救赎后的背叛

由于周朴园常年在外经营生意，蘩漪大部分时间与继子周萍共同生活。周萍是周朴园前妻所生，二十八九岁，生得眉清目秀。他表面上唯唯诺诺，内心却充满激情。

在与蘩漪朝夕相处的日子里，周萍逐渐被她吸引，两人的相处逐渐填补了他内心的空虚与孤独。尽管知道这是违背伦理的禁忌，他仍无法抑制自己的情感，最终跨越道德的红线，与蘩漪陷入了不伦之恋。

对蘩漪而言，周萍的出现仿佛是她黑暗生活里的一束光。她渴望通过这段关系获得救赎，摆脱周朴园带来的窒息与束缚。

在蘩漪的世界里，爱的缺失让她陷入了绝望。她渴望那种亲密无间的情感，但在周朴园的控制下，这种渴望成了奢望。周朴园不仅冷漠，而且专制，他的行为不仅伤害了蘩漪的身体，还严重地压迫着她的心灵。在长期的压迫下，蘩漪逐渐失去了自我。

周萍的出现给了蘩漪一线生机。他的温暖让蘩漪的心灵重新燃起希望，她开始憧憬一种全新的生活。尽管与周萍的关系在正常人看来是扭曲的，但对她而言，这是她多年压抑后的一次精神释放。她把所有的希望和情感都寄托在周萍身上，将他视为逃离这个压抑的家庭的唯一出口。

蘩漪渴望周萍的陪伴，更期望他能勇敢地反抗周朴园，带她离开这个牢笼。对她来说，爱上周萍不仅是一种自我救赎，更是为了追求自由和真爱所作的大胆尝试。

与蘩漪的果敢决绝相比，周萍性格中的怯懦很快占据了上风。这段禁忌之恋令他陷入深深的矛盾与自责之中：一方面，他沉溺于欲望的旋涡难以自拔；另一方面，根深蒂固的传统道德观念又让他备受煎熬。

周萍的懦弱使他无法回应蘩漪的期待，更不敢为了爱情与封建家长周朴园正面抗衡。他暗自盘算着如何从这段危险的关系中抽身，开始刻意回避蘩漪。

就在他急于摆脱困境之时，天真纯洁的四凤闯入他的生活。他将四凤视为救命稻草，紧紧抓住不放，企图借这段新的感情来摆脱与蘩漪的绝望纠葛。

周萍的怯懦以及他对周朴园的顺从，在蘩漪眼中无异于彻底的背叛。她没想到，自己豁出一切去爱的人竟是如此不堪。

她对周萍的感情由最初的期待逐渐转为失望，却仍抱着一丝微弱的希望。因此，当得知周萍向周朴园请求调往矿场时，尽管明白他是为了躲避自己，她仍执意要当面讨个说法。

面对蘩漪的质问，周萍不敢吐露实情，只能闪烁其词地说家中气氛太过压抑，想出去透透气。蘩漪却早已看穿他的心思，他不过是想逃避她，从这段“罪孽”的关系里抽身。他以为只要远离蘩漪，一切过错就会烟消云散，无人知晓。

然而这一次，蘩漪不会再任由这些自私的男人摆布。她抱着鱼死网破的决心，发誓要让这个背叛者付出代价。

被逼疯的女人

在那个雷雨交加的夜晚，压抑已久的爱恨全都爆发出来。

蘩漪悄悄尾随周萍，亲眼看着他来到鲁家，软磨硬泡地进了四凤的家门。

蘩漪知道，四凤的哥哥鲁大海最痛恨的就是这个对四凤纠缠不休的周萍。

她心生一计，故意将两人反锁在四凤的房间里，好让鲁大海亲手抓住这个登堂入室的“小人”。一切都按照蘩漪设计的剧本上演：鲁大海果然发现了周萍，周萍仓皇而逃，四凤则不顾一切地追了出去。

这个雷雨夜成了所有人命运的转折点。蘩漪的报复计划看似完美，却不知这一连串的举动将引发怎样的连锁反应。

周萍的狼狈逃窜、四凤的奋不顾身、鲁大海的愤怒以及蘩漪内心的恨，在这场暴雨中交织成一场无法挽回的悲剧。

蘩漪完成报复回到周家，周朴园望着浑身湿透的蘩漪，根本不关心，反而质问她上哪去了。蘩漪对周朴园的质问置若罔闻，直言不讳地宣称自己疯了，全然不顾周朴园的感受。她受够了这一切，觉得自己真的就在疯狂的边缘，因此必须宣泄出来。

周朴园离开后，蘩漪望着从鲁家逃回来的周萍行色匆匆地在书房收拾行李，便明白他是真的要离开这个家了。

蘩漪突然害怕了，她希望周萍能带她一起走，离开这个让她每天都痛苦的家。她卸下防备，放下自尊，恳求周萍带她走，甚至说出愿意日后把四凤接来一起住的荒唐话。

周萍对蘩漪的这番话完全不予理会，直言她已经疯了。他告诉蘩漪，他决定与四凤一起离开这个家。她心里的最后一根弦断了。她想着，既然爱情已经无法得到，那就不择手段地把它毁掉。

于是，她叫醒了已经熟睡的周朴园，打算让周萍和四凤这对鸳鸯也变成周朴园可以任意摆弄的玩意儿。所有的人物都已粉墨登场，所有的故事都迎来了结局。

该死的人没死，不该死的人却死了，而蘩漪，目睹了血雾下周萍的尸体，彻彻底底地疯了。

她站在血泊之中，眼中只剩下空洞与绝望。周萍的尸体静静地躺在地上，四凤的哭声在夜空中回荡。周朴园站在一旁，面无表情地看着这一切。蘩漪的世界在这一瞬间崩塌，她的心被彻底撕裂。她曾经渴望的爱情、自由和幸福，如今都化作了泡影。她终于明白，自己早已失去了所有，包括她自己。

雷雨，不仅是一种自然现象，更象征着一种极具破坏力的性格。蘩漪无疑是书中最具“雷雨”特质的人物，她的痛苦与仇恨如同暴风雨般猛烈。她发起了一场困兽之斗，撕破了所有美好的假象，却也让自己坠入了万劫不复的深渊。

《妻妾成群》颂莲：

你的悲喜，
不应该握在任何人手里

创作背景

《妻妾成群》是作家苏童的代表作。在当代中国作家中，苏童被誉为“最了解女性的男性作家”。

小说把镜头聚焦在二十世纪二三十年代的民国，那时正值军阀混战。从主题上看，小说触及的核心依然是：新文化运动以来，许多知识分子所控诉的封建制度“吃人”的本质。但是，这部小说又有着比较独特的创作风格。在小说中，苏童并没有直接控诉旧式家庭中的男性，没有直接描述父权制度下的男性是如何压迫家中妻妾的，而是把更多笔墨放在描述女性的悲惨命运上。

小说描述了在父权主义的笼罩下，家族内的女性为了生存讨好身为封建大家长的丈夫，不择手段地争宠，最终却以悲剧收场。这样既通过间接方式反衬出封建社会对女性的压迫，同时又揭露了另一个真相——父权社会中女性的悲剧，与当时女性意识没有觉醒也有很大的关系。

封建婚姻的深渊大口

颂莲自幼生长在富裕之家。父亲是茶厂老板，家境殷实，眼界开阔，有能力、也愿意供颂莲上大学。因此，年少的颂莲度过了一段美好的校园生活。多年后，她仍记得那段幸福的日子：坐在紫藤架下读书，偶尔有蝴蝶翩然飞过。

然而天有不测风云，颂莲的大学生活仅过了一年，父亲的茶厂破产，家里无力再供她读书，她只得辍学回家。更沉重的打击接踵而至——回家第三天，父亲突然自杀身亡。

就在颂莲尚未从父亲去世的悲痛中恢复时，继母给了她最后一击。继母不愿再与她一起生活，所以她要么出去做工，要么尽快嫁人。

颂莲固执地认为，这一切苦难皆因钱财而起，以为嫁个有钱人就能摆脱贫困的厄运。她决心不惜一切代价嫁入富裕之家，即便做妾也无所谓。在继母的安排下，她很快嫁给了已有三位太太的陈佐千，成为陈府的四太太。

作为接受过新式教育的女大学生，颂莲对封建气息浓厚的陈府颇为不屑。陈老爷初次登门时，她避而不见，只约他在西餐社见面。在餐厅里，颂莲点了一份蛋糕，燃起几根蜡烛，提前过完十九岁生日。她用这种方式与过去的自己告别，转身踏入了深不见底的陈家大院。

初入陈府的颂莲仍保持着女学生的装扮：齐耳短发用天蓝色缎带束起，圆润的脸庞不施粉黛。她单纯且不谙世事，坚信世间黑白分明。面对大太太毓如的冷眼，她敢在背地里调侃对方是个老腐朽;对示好的二太太卓云，她毫不设防地亲近，直接以“姐姐”相称。

没过多久，这个尔虞我诈、弱肉强食的陈府就给单纯的颂莲上了沉重的一课。她意外发现自己的丫鬟雁儿竟用阴损的法子诅咒她死，而幕后主使竟是她最信任的二太太卓云。颂莲第一次窥见了这座深宅大院的肮脏。

渐渐地，颂莲看清了府中每位女性的真面目。大太太毓如看似软弱麻木，对陈老爷唯命是从，却常借其权威欺压争宠的妾室及其子女。

二太太卓云外表和善，内心却毒如蛇蝎：她曾给怀孕的三太太梅珊下堕胎药，又在梅珊出轨后亲自带人捉奸，冷眼旁观其被投入井中。

三太太梅珊也有过之而无不及，曾在卓云得宠时暗地指使人打伤她的女儿，更在颂莲入府首夜就借口叫走陈老爷，让颂莲难堪。

在陈府封建思想的浸染下，颂莲逐渐褪去了初入府时的单纯。为了生存，她不得不学会与陈老爷还有几位太太周旋，从一个充满理想的新式女性，慢慢蜕变为冷酷麻木的旧式女性。这座深宅大院不仅吞噬了她的青春，更磨灭了她对美好生活的向往。

失去自我后的人性扭曲

颂莲选择依附有钱男性以满足物质需求，这一决定使她不可避免地陷入了一夫多妻制的封建泥潭中。面对封建大家长陈老爷，她毫无反抗之力。陈老爷为了彰显自己的权威，将个人欲望凌驾于府中所有女性之上，她们的一举一动都必须严格遵循他的意志。

初入陈府的颂莲，心中还怀揣着人人平等的理想，渴望五四运动的新风能吹散这座腐朽院落的阴霾。然而，她很快便被封建礼教压得喘不过气来。

这一切的导火索竟是一支长箫——这是颂莲父亲的遗物，承载着她对父亲的思念。颂莲入府时将其放在衣箱中，却未料陈老爷未经允许便擅自翻看她的衣箱，发现了这支长箫。

在陈老爷的眼中，府中女性不得携带任何其他男性的物品，她们的一切物件都必须是他给予的。他不容许任何人挑战他的权威，因此毫不犹豫地将颂莲视若珍宝的长箫烧了个干净。

颂莲得知后，对陈老爷的霸道感到震惊，以冷淡的态度表达内心的不满。陈老爷不仅毫不愧疚，反而对颂莲给他甩脸子这件事非常生气，有心冷淡她。

陈老爷对颂莲不闻不问的态度，迅速影响了府中的其他女眷和仆人。颂莲瞬间从众人追捧的顶楼跌落至冰冷的地窖。她终于意识到，在这座深宅大院中，自由平等、互相尊重的观念是多么苍白无力，甚至显得可笑。

在陈府这个尔虞我诈的环境中，颂莲逐渐失去了最初的纯真，蜕变为心狠手辣的四太太。她对卓云和雁儿的怨恨日益加深，决心展开报复。

当卓云请求颂莲帮她剪发时，颂莲表面平静，手上的剪刀却突然发力，恶狠狠地剪伤了卓云的耳朵。卓云的惨叫声立刻响彻全院。

颂莲对雁儿的报复同样残忍。她发现雁儿用草纸画自己，并且将画像投入马桶诅咒她后，便惩罚雁儿吞下那些草纸，冷冷地说："我没劲打你，打你脏了我的手。你也别怨我狠，这叫作以其人之道还治其人之身。"

她冷漠地看着雁儿的痛苦状，直至雁儿惨死，只是淡淡地说："也没什么好哭的，活着受苦，死了干净。死了比活着好。"

她的言行已完全失去了人性，她常自嘲道：“女人到底算个什么东西，就像狗，像猫，像金鱼，像老鼠，什么都像，就是不像人。”

颂莲斗得越狠，心理压力越大。陈老爷只想满足自己的欲望，无视在崩溃边缘的颂莲，甚至变本加厉地折磨她，摧毁她的自尊。

相比之下，陈老爷的儿子陈飞浦显得格外温文尔雅，成为颂莲的心灵慰藉。颂莲向他表达了爱意，也希望能得到他的回应。然而，陈飞浦的懦弱令他无法反抗父亲的权威，他的逃避彻底粉碎了颂莲的希望。

颂莲最终沦为旧社会的牺牲品，用尊严换取短暂的宠爱。这种宠爱看似风光，实则是压迫和施舍。从踏入陈府的那一刻起，她就注定了被抛弃。

她不仅要应对府内的钩心斗角，还要忍受陈老爷的精神摧残。生活在这封闭的院子里，她根本无处可逃。

三太太梅珊的死亡成为压垮颂莲的最后那根稻草。她曾羡慕梅珊的勇气，以为她能够逃离这“吃人”的牢笼。

谁知，梅珊失败了。亲眼看着梅珊被投入井中的那一刻，颂莲发出了一声撕心裂肺的尖叫——她终于被逼疯了。

女性如何成为自己的主体

颂莲是一个充满矛盾的女性角色。她既是一位受过新式教育的进步青年，又是一位被封建传统礼教深深束缚的姨太太。这两种截然不同的身份同时存在于她身上，两者的矛盾根本无法调和。

新思想与旧礼教不断撕扯着她的灵魂，最终导致她的精神世界支离破碎，无法找到平衡点。这种矛盾不仅体现在她的行为上，更深刻地反映在她的思想与价值观中。

颂莲“新”得不彻底。五四运动为中国带来新思想与新文化，唤醒了部分青年，他们逐渐认识到封建礼教对人性的压迫，尤其是对女性的摧残。这些觉醒的青年呼吁女性走出家门，争取经济独立与人格自由。

值得注意的是，当时呼吁女性独立的人群以男性知识分子和少数精英女性为主，大多数普通女性的觉醒程度仍然有限。颂莲虽然接受新思想的洗礼，明白何为男女平等，但她并不是真正的精英女性。她从小生活在富裕家庭，习惯了衣食无忧的生活，本质上是个娇生惯养的富家小姐。

父亲突然离世后，颂莲面临着人生的重大抉择。她可以选择成为一名普通劳动者，依靠自己的努力谋生。作为一名受过教育的大学生，她完全有能力找到一份工作，解决温饱问题。

然而，她无法割舍过去十几年的优渥生活。在失去父亲后，她选择依附其他有钱的男人，甘愿成为他人的小妾。这一选择暴露了她内心的软弱与对物质生活的依赖。

颂莲披着新青年的外衣，内心深处却依然被传统礼教的根芽占据。她利用所学的新文化去迎合、讨好封建制度的掌权者，试图在旧体制中找到自己的位置。

颂莲的主体性是缺失的，她的行为本质上仍然是对权力的依附。她虽然接受了新思想的教育，但并未真正摆脱旧礼教的束缚，最终成为一个在新时代与旧时代夹缝中挣扎的悲剧人物。

颂莲“旧”得也不彻底。以陈老爷为首的陈府，是几千年中国封建社会的缩影，充满了压抑与阴暗。在这个环境中，除了颂莲，其他女性都是封建旧思想的坚定拥护者。

颂莲若想在这样的家庭中立足，就必须将她所学的知识与智慧转化为斗争的手段，否则最终只能落得个被封建大家庭吞噬的结局。她的挣扎与反抗，不过是封建制度下无数女性悲剧的又一次重演。

颂莲初到陈府时，因用袖子而非手帕擦汗，便被府上的人贴上了“没权没势”的标签，成为众人欺凌的对象。在陈府这个等级森严、金钱至上的小圈子里，颂莲的尊严被一点点践踏。

她内心痛恨这个不讲人性的大家庭，曾多次试图挑战陈老爷的权威，但每次都被无情打压。她的反抗显得无力而徒劳，最终只能通过在压迫中失去自我来换取赖以生存的资源。

颂莲试图保全的尊严，恰恰是陈府最不需要的。在这里，所有人都必须臣服于陈老爷的意志。大太太毓如凭借正妻的身份，几乎成为陈老爷意志的代言人；二太太卓云为了争宠，甘愿沦为奴性的化身；三太太梅珊虽曾反抗，却最终惨死。就连丫鬟雁儿，也幻想着凭借年轻貌美的身体成为姨太太。

在这个环境中，封建伦理将人异化为追逐权力的怪物。这些怪物只在乎权力的甜味，完全无视尊严与人性。颂莲看清了权力的本质，也曾试图成为一个怪物。然而，她内心深处的新思想在不断嘶吼，提醒她保持清醒。最终，她又变回了人，一个清醒着疯掉的人。

《羊脂球》羊脂球：人性幽暗时刻，不要主动『出局』

创作背景

《羊脂球》是法国批判现实主义作家莫泊桑的代表作。普法战争爆发后，莫泊桑应征入伍，目睹了战争的残酷及其给百姓带来的苦难。《羊脂球》就是在这样的背景下创作出来的。托尔斯泰曾评价莫泊桑:“他之所以是天才，是因为他不是按照他所希望看到的样子，而是按照事物本来的样子来看事物，因而就能揭发暴露事物，而且使得人们爱那值得爱的，恨那值得恨的事物。”

故事发生在一辆逃亡的马车里的十位旅客身上，十位旅客分别代表了法国政界、商界、教会及社会底层人士。小说通过以小见大的手法，围绕马车逃亡，将那些高高在上的体面人的贪婪又恶毒的本性暴露无遗。羊脂球为了搭救其他旅客，不得不牺牲自己委身敌军，众人获救后非但不感谢羊脂球，反而以她为耻。莫泊桑通过小说辛辣地讽刺了资产阶级贵族的自私和虚伪，对社会底层民众给予了深切的同情。

善良是她的底色

这是一辆逃亡的马车。

普法战争爆发后，法国军队全面溃败，鲁昂城陷入混乱。有人被困城中，有人则偷偷逃了出去。

这辆马车上载着十位身份迥异的旅客：葡萄酒奸商鸟先生夫妇、省议会议员拉马东夫妇、贵族布雷维尔伯爵夫妇，他们身份显赫、财力雄厚；此外，还有政治投机分子科尔尼代、两位修女以及外号叫“羊脂球”的妓女。

这些人的逃亡动机各不相同，却因战争被迫同乘一车，形成一幅复杂的社会缩影。

鸟先生夫妇逃出城是为了继续赚钱；拉马东夫妇和布雷维尔伯爵夫妇作为贵族，深知留在鲁昂城不会有好的结果；两位修女和科尔尼代为了保命而逃离。相比之下，羊脂球的逃亡理由显得格外特别——她因试图掐死一名普鲁士士兵未遂，被迫逃离。

她的行为彰显了对侵略者的仇恨与反抗，展现了底层人民的爱国情怀。通过对比贵族的自私与羊脂球的勇敢，莫泊桑深刻地揭示了贵族阶级的虚伪，展现了底层人民的高尚品格。

当车上的三位贵妇人得知羊脂球是妓女后，立刻结成统一战线。她们故作姿态地展现所谓的贵族礼仪，又不时用粗俗的词汇羞辱羊脂球。面对这些谩骂，羊脂球以大胆且极富挑衅意味的目光扫视了她的这些邻座。贵妇们被她的眼神震慑，瞬间闭上了嘴，车厢内安静了不少。

羊脂球虽是社会底层的小人物，却始终维护自己的尊严。她无法改变身份的高低贵贱，但在精神上，她从未觉得自己低人一等。

接下来，戏剧性的一幕发生了。十人中只有羊脂球准备了充足的食物，其他九人急于逃亡，没有准备任何食物，逃亡一天后早已饥肠辘辘，他们眼巴巴地盯着她装着食物的篮子，突然讲究起了“人人平等”，厚颜无耻地想要分享羊脂球的食物。

羊脂球心软，不忍看到同伴挨饿，慷慨地将自己三天的食物分享给大家。她先是用谦逊而温和的声音邀请两位修女和她一起分享她的便餐，随后不计前嫌地邀请辱骂过她的贵妇们一同用餐。

就在羊脂球担心自己是否会再次被辱骂时，这些贵族早已顾不上身份与体面，纷纷动手抢食。只有一个酒杯，喝葡萄酒时，科尔尼代为了讨好羊脂球，甚至直接用嘴唇去碰她留在酒杯上的唇印。

众人如饿狼般将一篮子食物瓜分干净。共享食物后，车厢内的沉默被打破，大家开始闲聊。羊脂球慷慨激昂地讲述了自己试图掐死普鲁士士兵，并含恨逃亡的经历。

这些贵族正享受着羊脂球带来的美食，自然假惺惺地赞美她，甚至装出一副尊敬她的样子，完全忘记他们之前对她的羞辱。

随着食物的消耗殆尽，车厢内的气氛再次冷淡下来。羊脂球的慷慨并未换来真正的尊重，反而暴露了贵族们的虚伪与自私。

卑鄙的人没有底线

夜深了，马车停在一家旅馆门口。一行人原本计划在旅馆好好休息一晚，却发现旅馆里全是普鲁士军人。他们吓得魂飞魄散，但逃走已不可能，只得硬着头皮走进旅馆。

普鲁士军人核查了他们的身份，将他们暂时扣押。不久，一名军官提出要见羊脂球。羊脂球起初拒绝，但为了其他人的安全，她妥协了。很快，她明白过来军官与她见面的意图，为了维护祖国的尊严，她勇敢地拒绝了对方。

随即，一行人被扣留。他们得知原因后，不由得怨恨起羊脂球来。尽管羊脂球为了国家荣誉坚决不让步，但这些贵族却毫不在意民族尊严，反而劝她顺从军官的要求，以便早日离开。

修女们甚至背弃信仰，欺骗羊脂球，称她的牺牲与圣徒一样崇高。羊脂球为了同伴的安全着想，被迫放弃自己的原则。然而，她的大无畏精神并未换来感激。那一夜，羊脂球在受难，她的同伴们却举杯同庆、安然入睡。人性的丑恶暴露无遗。

比被侮辱更可悲的是，第二天回归的羊脂球收获的只有同伴的冷漠。再次出发当天，众人兴高采烈地准备物资，唯独羊脂球因时间仓促未能准备食物。马车继续前行，羊脂球依旧坐在原位，但众人的态度却截然不同。

他们故意与她保持距离，仿佛从未认识她。鸟夫人鄙夷地低声说道："幸亏我不坐在她身边。"所有人都对她避之不及，甚至在她哭泣时，还恶意嘲讽她是因自己的"耻辱"才哭的。

当大家开始用餐时，没人在乎一点儿食物都没有准备的羊脂球饿不饿，全然忘记了在他们饥肠辘辘时，是羊脂球慷慨地分享了自己三天的食物。如今，他们却毫无愧色地大快朵颐。

曾经第一个分到羊脂球食物的修女仿佛无事发生，将吃剩的食物收起，道貌岸然地闭目祈祷，对羊脂球的哭泣声置若罔闻。故事在羊脂球的哭泣声中走向结局。

鸟先生夫妇等贵族的虚伪自私被彻底暴露出来。对他们而言，自身利益永远是排在首位的。那两位看似虔诚的修女，不过是披着宗教外衣的伪善者。在这场陷害羊脂球的阴谋中，她们是最大的帮凶。

莫泊桑通过人物形象的对比描写，揭示了车上九人是一群毫无良知的自私自利之徒，赞美了羊脂球的正直与善良，也表达了对底层人民悲惨命运的深切同情。

不彻底地反抗终会沦为牺牲品

马车是社会阶层的微缩图景，每个人的身份都印在无形的证件上。羊脂球的证件上赫然印着“妓女”二字，这并非她本意——动乱的社会、贫穷的生活、饥饿的现实，早已剥夺了她选择生而为人的权利。

这个身份成了她无法摆脱的枷锁。无论走到哪里，她都无法摆脱被鄙视、被践踏的命运。然而，她的内心深处依然渴望被尊重。

因此，当马车上的贵妇们当面辱骂她时，她毫不退缩，用坚定的眼神回击，表达对这些恶意辱骂她的人的反抗。她的目光中透露出力量，仿佛在告诉她们：即便出身卑微，她也有自己的尊严。

然而，她的反抗并不彻底。在内心深处，她也认同妓女是有罪之人。她渴望通过某种方式洗刷自己的罪孽，重新获得社会的认可。当她在马车上拿出食物与大家分享时，她的态度显得小心翼翼，甚至带着一丝讨好的意味。

她害怕自己的邀请会被拒绝，害怕本就脆弱的自尊心再次受到打击。她的分享不仅仅是出于善良的本性，更是因为她渴望被尊重、被接纳。她希望通过这样的举动赢得他人的认同，哪怕只是一点点。

面对普鲁士军官的无理要求，羊脂球表现出了宁死不从的坚定态度。她的拒绝让同伴们感到恐惧，他们软硬兼施，试图让她屈服。

一开始，无论他们用什么理由劝说，羊脂球都毫不动摇。直到那两位修女用“只要动机纯洁，天主会原谅一切”的话来欺骗她时，她的决心才开始动摇。

羊脂球被修女说服的根源在于她内心深处对自己“有罪论”的认同。她相信，如果自己为了拯救同伴而妥协，上帝就会原谅她的罪孽，她就能获得救赎。

出于对神职人员的盲目信任，羊脂球选择牺牲自己，答应了普鲁士军官的要求。

没想到的是，她的牺牲却遭到同伴们更加肆无忌惮的侮辱。此时的她已无力反抗，内心的痛苦远超过被军官侮辱所带来的痛苦。同伴的欺骗与背叛让她彻底崩溃，她的善良与牺牲在世俗的偏见面前显得如此微不足道。

鲁迅先生说过："悲剧就是把人生有价值的东西毁灭给人看。"用这句话来总结羊脂球的人生再合适不过。仅仅因为妓女的身份，她的慷慨善良、爱国之心、虔诚之心都被掩盖了。人们理所当然地用她的身份来定义她，随意践踏她的尊严。

然而，到底是什么让女性堕落？从根本来说，是战争、贫穷和饥饿。在乱世之中，女性想要生存有什么错？作为一个底层的小人物，羊脂球没有能力改变战败的事实，却依然在保家卫国的信念下与普鲁士士兵正面对抗。而那些有能力改变现实的贵族又在做什么呢？他们在寻欢作乐、发战争财，当国家处于生死存亡之际，他们选择抛弃人民，带着财富逃离。

莫泊桑通过高超的刻画技巧，将高尚者与卑鄙者的对比展现出来。然而，正如北岛的诗句所说："卑鄙是卑鄙者的通行证，高尚是高尚者的墓志铭。"高尚的羊脂球最终只能直面悲惨的结局，即使马车到达了目的地，她依然无法摆脱妓女的身份。而那些卑鄙的同行者却可以继续过着优渥的生活，他们依然是奸商、贵族和议员。

羊脂球的命运何尝不是当时广大底层人民的缩影呢？他们被剥削、被压榨、被侮辱，动荡的社会和虚伪的贵族将他们本就脆弱的生活彻底摧毁。当贵族的利益受到威胁时，底层人民总是理所当然地被当作牺牲品。羊脂球悲剧般的命运不仅是她的个人命运，更是那个时代无数底层人民的共同命运。

《小妇人》乔：

『女人只适合谈情说爱』，

我很讨厌这种说法

创作背景

《小妇人》是美国女作家路易莎·梅·奥尔科特带有自传色彩的小说。奥尔科特从小接受良好的教育，长大后通过写作赚取稿费，减轻家庭负担。长期的写作经历让她能敏锐地发现社会中存在的问题。美国内战期间，她自愿申请上前线照顾伤员，近距离目睹了战争的残酷。后来，她将这些经历融入到了小说中。

小说主要讲述了十九世纪美国新英格兰地区一个普通家庭——马奇家四姐妹的成长故事。她们克服重重困难，成为坚强、有责任感的女性。奥尔科特作为女性作家，在《小妇人》里真实地展示了女性的内心世界。

奥尔科特塑造的马奇家四姐妹有着不同的性格、梦想、思想和价值观。她们不再是一个简单的代名词，不再是男性的附属品，而是具有自主意识的个体。在书中，奥尔科特始终强调女性的尊严与自立，呼吁女性寻找受教育和工作的机会，鼓励女性勇于突破传统社会对女性的禁锢。

独立之路

乔的性格和气质一直与众不同。同龄的女孩们热衷于追求时尚，精心打扮以吸引他人目光，乔却对此毫无兴趣。十五岁的她，身材瘦高，肤色黝黑，头发总是乱糟糟的，常穿着一件洗得发硬的黑围裙。

即使在参加舞会时，她也从不刻意打扮，甚至直接穿着带有破洞的舞裙出现在舞会现场。乔的举止看似滑稽可笑，但这并非出于无知或懒惰，而是她明白过于在乎外表和穿着，是这个社会对女性的刻板期望和规训，而她不愿迎合和遵守。

乔从小便意识到，女孩的身份伴随着诸多限制。她渴望冲破这些束缚，追求自由和平等。她将自己打扮得像男孩子，拒绝参与女孩们的游戏，反而热衷于参加男孩们的活动。她甚至希望自己能变成真正的男孩，这样就可以跟随父亲上战场，体验那些被传统观念视为“男性专属”的事情。

在乔的家庭中，父亲马奇先生远赴战场，家中只剩下马奇太太和四个女儿相依为命。在父亲缺席的日子里，乔主动担起家庭的重担，将自己置于父亲的位置上。

在一次家庭讨论中，四姐妹商量要给妈妈买双新鞋。乔坚定地说道："爸爸不在家，我就是家里的男子汉，鞋子我来买。"她不仅是这样说，更是这样做的。乔真的将自己视为家里的顶梁柱，努力为家庭分担压力，承担责任。

没过多久，从战场传来父亲病重的消息，母亲急需筹钱去前线照顾父亲，但家里的经济状况已经捉襟见肘。乔毫不犹豫地剪掉自己的长发，卖掉换钱，并安慰母亲："这是我献给爸爸的礼物，让他舒舒服服，平安回家！"表面上，她满不在乎，但每到夜晚，她还是会在被子里偷偷哭泣。内心的痛苦和挣扎，只有她自己知晓。

为了让全家过上更好的生活，乔开始通过写作赚钱。第一次收到稿费时，她心中冒出的念头便是带母亲和姐妹们去旅行，让她们体验不同的生活。

渐渐地，她用稿费付清了肉店的账单，购置了新地毯，为姐妹们买了新衣服，改善了家庭的生活条件。

三妹贝思因照顾邻居一家而染上猩红热，远在纽约的乔得知消息后，立刻放下一切工作赶回家中。她昼夜不停地照顾贝思，只因贝思对她说："你在这里，我感到有力些。"乔再也没有离开贝思超过一小时。

夜晚，她睡在贝思屋里的沙发上，夜里几次起床喂药，帮贝思翻身。她丝毫不觉得烦躁，反而认为陪伴妹妹的时光无比珍贵，这是她作为姐姐应尽的责任与义务。

在马奇家，乔更像是一家之主。她不仅在经济上支持家庭，还在情感上给予家人无微不至的关怀。她勇于承认错误并努力改正，努力赚钱让家人不为生计发愁，无微不至地照顾妹妹，成为家中的守护者。乔的行为与态度不仅赢得了家人的尊重与爱戴，更展现出她的独立、坚强与责任感。

心灵归宿

乔十五岁那年，被姐姐梅格拉着一同参加舞会。不擅长交际、更不会跳舞的乔选择躲进安静的房间，意外遇见了同样躲在房间里的劳里。两个年轻人很快熟络起来。

劳里将自己视为马奇家的一员，对每个人都关怀备至。他提醒梅格要保持独立人格，别在虚假的繁华中迷失自我。当他发现贝思喜欢钢琴时，便将家中闲置的钢琴送给她，虽然那是他已故妹妹的遗物。

当贝思感染猩红热、家中陷入慌乱时，劳里又连夜帮忙将小妹艾美送走，以防她也被感染。他的善良与担当，让马奇家的人倍感温暖。

在马奇先生远赴战场的日子里，劳里一直陪伴在乔身边。他们一起在结冰的湖面上溜冰，一起在阁楼里发呆。

当乔为了筹钱剪短头发时，劳里送给她一顶漂亮的帽子，这个小小的举动充满了深情与体贴。当贝思病重，母亲前往前线照顾父亲时，一向坚强的乔崩溃了，抑制不住地号啕大哭。劳里始终陪在她身边，让她重新振作起来。

这一时期，他们的感情达到顶峰。劳里希望自己能在未来给乔带来美好安逸的生活，于是鼓起勇气向她表白，没想到却被乔拒绝。乔明白，尽管他们性格相近，友情深厚，但彼此之间缺少爱情的悸动。

乔认为劳里喜欢有教养的姑娘，而自己是个假小子，不会是与劳里相伴一生的人。他们的三观并不一致。劳里安静，乔却热爱冒险，两人的生活方式和追求也有所不同。乔曾说："我不喜欢优雅的社会，而你喜欢，你会讨厌我乱写乱画，而我没这些不能过。我们会感到不幸福，会希望我们没这样做。一切都会令人不敢想象！"

为了实现作家的梦想，乔只身远赴纽约，在那里遇见了灵魂伴侣巴尔教授。他告诉乔，写作应该取悦自己，真正的作家应该去寻找简单、真实、讨人喜欢的人物。

他带乔去看歌剧，寻找灵感。乔将巴尔视为导师，作品被刊登后，她第一个想分享的人是巴尔；完成新作后，她最想交流的人也是巴尔。

在贝思病重期间，乔陷入了低谷，曾一度停笔，与巴尔的联系也减少了。贝思去世后，乔从妹妹的遗物中获得灵感，重新开始创作。她决定不再为钱写作，不再取悦他人，而是要写一部属于自己的小说。

她把写完的小说寄给巴尔，盼他提些意见。没想到，巴尔直接带着小说来了，还帮乔将小说出版。久别重逢的二人意识到，彼此是情投意合的最佳伴侣。巴尔向乔求婚，她经过深思熟虑后答应了。

许多人不解，乔为何拒绝优秀的劳里，选择贫穷的巴尔。马奇太太曾预言："乔和劳里的性格太相似了，都喜欢自由。"年轻时的乔将梦想与自由看得比婚姻更重要，潜意识里认为结婚会失去所有。劳里是朋友、亲人、玩伴，却不是爱人。

乔无拘无束，追求自由，劳里无法给予她足够的包容与安全感，巴尔却可以。

巴尔沉稳而宽容，像温暖的火。他能理解并欣赏乔的自由随性，让她重新发现自我价值，遵从内心，做自己喜欢的事。他是乔事业上的领路人，鞭策着她不断前行。

逐梦之路

乔从不是传统意义上的淑女，她渴望与男性拥有同等的权利和自由。她曾说："我不喜欢恩惠。它们压制我，让我感到像个奴隶。我宁愿一切自己干，完完全全自立。"在她看来，实现独立的唯一途径就是工作。

当母亲前往前线照顾生病的父亲时，姐妹们陷入了忧虑。乔鼓励她们："'怀抱希望，不要偷闲'，这是我们的座右铭，看谁最能记住这句话。"她在写给父亲的诗中表达了自己的决心："我高兴自己接受了一项任务，可以天天为此工作，因为它带给我健康、力量和希望。"

与巴尔相爱后，看到巴尔因贫穷而自责，乔坚定地说："贫穷不可怕，我也可以挣钱养家。"为了独立，乔尝试过很多工作，但她最爱写作。她以莎士比亚为榜样，试图通过写作让灵魂得以释放。每隔几周，她就将自己关在房间里，专心致志地创作小说，直到完成才能安心。

独自前往伦敦追求作家梦想时，她既要追寻写作梦，又要解决温饱问题，生活异常艰辛，但从未放弃。在伦敦，她住在小阁楼里，一边教书一边缝纫，还要挤出时间写作。

为了赚钱，乔开始试写一些具有轰动性的小说。她编造了一个令人毛骨悚然的故事，鼓起勇气将其送到《火山周报》编辑部。然而，编辑部里大多是男性编辑，一看乔是位女性，他们先入为主，对她的态度有些傲慢。

一周后，乔再次来到编辑部，发现她精心设计的道德部分的情节被完全修改。编辑们认为，公众只想要娱乐，不想听说教，道德卖不了钱。

为了二三十美元的稿酬，乔勉强答应了，但她感到羞愧，提出不要署名。

之后，乔写了越来越多耸人听闻的故事。她从历史传奇写到科学艺术，从陆地写到海洋，甚至从政治卷宗和疯人院中寻找题材。

这些故事受到了读者的欢迎，她也因此在《火山周报》开辟了专栏。她的积蓄稳定增多，却不敢告诉家人。她预感到父母不会同意，但为了挣钱，她决定暂时隐瞒，以后再请求他们的原谅。

巴尔对这类报纸十分厌恶。他曾经拿着一份和《火山周报》类似的报纸对乔说，他觉得正经姑娘不应该看这种东西，虽然这些内容能让一些人愉快，但他宁愿让孩子们玩火药，也不给他们读这些东西。

乔虽然知道巴尔并不是在说她，但他的评价还是让她如坐针毡。她为自己辩解，称这些文章只是有些荒唐，并不害人。但巴尔坚持认为，这些文章就像把毒药裹在糖果里喂给孩子吃，这类报纸应该被扔进火堆里烧掉。

乔终于醒悟，明白了如果继续为了金钱而胡乱写作，只会害人害己。她决心转型，继续写教人向善的故事。尽管她在转型过程中经历了失败和低谷，甚至一度写不出故事，但最终她战胜了自己，从贝思的遗物中获得灵感，重新回到正轨。

从乔身上，我们看到了一个为梦想不懈奋斗的女性形象。她似乎在提醒我们，无论何时都不能放弃自己的梦想。乔怀着热爱写作的心，勤奋练习、不断学习总结，最终写出优秀的作品，圆了自己的作家梦。

所以，无论你的梦想是什么，也不管你年龄多大、基础如何，只要你选定了方向，用正确的方式去努力，请一定坚持下去，时间将会是最好的见证。

《简·爱》简·爱：

人生所有的幸福，
都是自己给的

创作背景

《简·爱》是英国作家夏洛蒂·勃朗特的代表作。夏洛蒂生活在英国维多利亚时代，彼时工业革命发展迅速，但女性的地位并没有得到改善，她们被社会规训为贤妻良母，承担照顾家庭和儿女的责任。她们受教育以及工作的机会少之又少，无法实现经济独立，只能接受男性的供养。

在这样的背景下，夏洛蒂创作了《简·爱》这部作品。她从自身经历出发，描写女性的现实处境，展现了简·爱敢于反抗、争取自由的女性形象，描绘了一段建立在平等、心灵契合基础上的爱情。

西方女性主义的先驱弗吉尼亚·伍尔夫在《〈简·爱〉与〈呼啸山庄〉》一文中写道："夏洛蒂·勃朗特诞生至今已有一百年之久，现在她已成为那么多传奇、爱戴和文学的中心。"从某种意义上说，《简·爱》开启了女性主义小说的大门，是英国女性文学的里程碑。

反抗是她的本性

简·爱自幼便失去父母，年幼的她孤苦无依，只能寄住在舅舅家。然而，命运对她并不仁慈，舅舅不久后也去世了。舅妈将她视为累赘，每次见到她，眼神中总是充满厌恶。表哥约翰更是动不动就欺负她。简·爱每天都要承担繁重的家务，小心翼翼地生活。

那是大雨滂沱的一天，简·爱被约翰用书打得头破血流。她终于意识到，一味忍让永远无法换来平等，愤怒在这一刻爆发，她疯狂地殴打他，将多年积攒的委屈全部发泄出来。

然而，反抗的结果是惩罚，她被舅妈关进了红房子。红房子是舅舅去世的地方，这里阴森恐怖，常年无人涉足。简·爱害怕极了，天色渐暗，她哭喊着求救，却无人回应。

在这个暗无天日的红房子里，只有药剂师劳埃德先生来看望过她。简·爱忍不住向他倾诉多年的委屈。劳埃德先生静静地听完，问她是否愿意去学校上学。年少的她虽然对学校一无所知，但为了逃离这个噩梦般的地方，“愿意”这两个字脱口而出。

不久，简·爱迎来了命运的转折点。她见到了洛伍德学校的出资人布罗克赫斯特先生。这位先生是专门来这里接她去学校的。他先是询问舅妈简·爱是不是个好孩子，舅妈却污蔑她是个爱说谎的孩子，并请求学校对她严加看管。布罗克赫斯特先生轻信了舅妈的谎话，对简·爱的印象极为糟糕。

面对舅妈的污蔑，简·爱十分着急，却也无法辩白，因为她知道布罗克赫斯特先生不会相信孩子的话。她对舅妈失望极了，临走前决绝地说道："我很庆幸你不是我的亲戚，今生今世我再也不用叫你舅妈了……要是有人问起我喜不喜欢你，你怎样待我，我会说，一想起你就使我讨厌，我会说，你对我冷酷到了卑鄙的地步。"这番话让人既心疼，又觉得解气。

简·爱终于离开不幸福的"家"，来到洛伍德学校。在这里，她结识了人生中第一个好朋友海伦。面对这一切，她觉得自己宛若新生。然而，简·爱对新生活的憧憬很快就幻灭了。

实际上，洛伍德学校的生存环境极其恶劣，吃不饱、穿不暖是常态，还要忍受体罚和责骂。尽管如此，简·爱并未被残酷的环境驯服，她依然不畏强权，勇敢反抗。

某天，简·爱目睹老师辱骂海伦，还用木条狠狠地抽打她的脖子。看到海伦隐忍的表情，简·爱仿佛看到了曾经的自己。她大声对海伦说："如果我是你，我会讨厌她的，我会抵制。她要是拿那束木条打我，我会从她手里夺过来，当着她的面把它折断。”

某天，布罗克赫斯特先生再次侮辱她，张口就说她撒谎成性。简·爱不想再忍气吞声，找到了院长。院长谭波儿小姐鼓励她为自己辩护，简·爱勇敢地说出了所有事实。

院长耐心听完她的讲述，承诺会调查此事，只要能证明简·爱是清白的，一定公开澄清这件事。一周后，院长果然为她洗清了冤屈，这是她第一次受到公正的对待。

简·爱的童年充满了反抗，尤其是到了洛伍德学校，这种反抗精神越发强烈。她曾多次表示："我必须反抗那些无理惩罚我的人。同样自然的是，我会爱那些爱抚我的人，或者当我认为自己该受罚的时候，我会心甘情愿去承受。”

正是这种爱憎分明的性格，让她不甘于向环境和命运妥协，一次又一次地回击压迫者，捍卫自己的权利。

爱情与道德的矛盾

简·爱在洛伍德学校度过六年时光，经过刻苦学习，成为学校的教师。在这里，院长谭波儿小姐是她唯一的慰藉。院长的关爱让简·爱学会理解与宽容，她不再激进地反抗一切，而是学会思考何为真正的独立与尊严。

两年后，谭波儿小姐离开学校，简·爱也决定告别这里。此时的她有知识，有勇气，凭借自己的努力，成功应聘上桑菲尔德庄园家庭教师的职位。六年的受教育经历与坚韧的性格，赋予了她追求事业的底气。

在桑菲尔德庄园里，简·爱与庄园主人罗切斯特不期而遇。初次交谈，罗切斯特便领教了简·爱的直率。他突然问道："你觉得我长得好看吗？"简·爱直言："不，先生。"这种不卑不亢的态度让罗切斯特对她产生了兴趣。

简·爱并不害怕他雇主的身份，她认为他们是平等的。随着时间的推移，两人日渐熟悉，简·爱被罗切斯特平易近人的性格与真诚的态度吸引，但她并未轻易表露心意。她知道两人的阶级地位差距，也不确定罗切斯特的真实想法，只好小心翼翼地维持朋友关系。

然而，罗切斯特却突然宣布要与一位贵族小姐结婚，这个消息打破了简·爱内心的平静。她感到天旋地转，骨子里的勇敢与反抗精神再次被唤醒。她不再被阶级地位束缚，毅然决然地向罗切斯特表达自己的爱意。

她几乎是哭着喊道："我已经熟悉你，罗切斯特先生，硬是要我永远同你分开，会让我痛苦和恐惧。我看到非分别不可，就像看到非死不可一样。"罗切斯特听后，态度一转，坦言自己一直爱的是她，想要与之结婚的也是她，之前的试探只是为了确认她的心意。

简·爱听后愤怒不已，她觉得自己的自尊受到了侮辱。她意识到罗切斯特并非真正尊重她。她铿锵有力地说道：“你以为我只是一架机器，一架没有感情的机器？……难道就因为我一贫如洗、默默无闻、长相平庸、个子瘦小，就没有灵魂，没有心肠了？你不是想错了吗？我的心灵跟你一样丰富，我的心胸跟你一样充实！”

后来，尽管两人感情逐渐稳定，但这段关系并未持续太久。简·爱得知罗切斯特已有妻子，且妻子尚在人世。她从美梦中惊醒，绝望地离开了这个伤心之地。罗切斯特希望能与她私奔去法国，但简·爱拒绝了。她选择独自离开，坚守自己的原则与尊严。

简·爱有学识，有思想，坚定地维护尊严，却因缺乏金钱与地位而屡遭侮辱。她痛恨金钱，也痛恨这个以金钱衡量人的社会。她原以为罗切斯特与他人不同，结果再次被欺骗。至此，简·爱在爱情与道德之间展开了痛苦的探索。

追求经济独立和婚姻平等

简·爱确实需要钱来维持生活，但她从未将金钱视为生活的重心。当罗切斯特用昂贵的珠宝和华丽服装当作礼物来表达爱意时，简·爱拒绝收下它们。她并不想依附于男性，也不愿为了取悦他人而刻意打扮。她追求的是能与罗切斯特平等相待，彼此尊重。

离开桑菲尔德庄园后，简·爱一度陷入困境，险些饿死街头。走投无路之际，圣约翰先生收留了她，并在她的请求下，聘请她担任乡村女子学校的教师。

这份工作看似平凡，简·爱却十分珍惜，它给自己提供了一个安全的避风港，这比在富人家中担任家庭教师更加自由。她全身心投入教学，用实际行动表达她对工作的重视。

后来，圣约翰希望简·爱陪同自己前往印度传教，并向她求婚。简·爱拒绝了他。她深知圣约翰并不爱她，求婚只是出于功利。她无法接受没有爱的婚姻，也不愿成为传教士的妻子，只想自由自在地生活在这片土地上。

简·爱选择继续留乡教书，她的心中始终萦绕着对罗切斯特的思念。她时常回忆起两人在桑菲尔德庄园的时光，察觉到自己依然深爱着他。她决定回到桑菲尔德庄园，远远地看望一下罗切斯特。

然而，眼前的景象却让她震惊——庄园已化为一片废墟。原来，罗切斯特的妻子长期患有精神疾病，一年前的深秋，她烧了庄园，自己也在大火中坠亡。罗切斯特为救他人，身受重伤，身体和精神都遭受了巨大打击，如今孤独地生活在一个荒僻的地方。

简·爱找到罗切斯特，毫不犹豫地选择留在他身边。她不在乎他是富有还是贫穷、健康还是疾病，只希望能与他平等地站在一起，共同面对未来的生活。

简·爱的一生都按自己的心意而活。幼年时，她敢于反抗虐待她的舅妈。在教会学校，她主动为自己辩护，刻苦学习，成为一名教师。在桑菲尔德庄园，即使深爱罗切斯特，她也从未向金钱低头，始终依靠自己的双手谋生，践行经济独立与爱情平等。

经济独立是人格独立的基础。当一个人能够完全依靠自己满足物质需求时，便有了充实精神世界的底气。这是一个不断成长的过程，每一次的努力都会转化为内在的力量。一旦实现经济与人格的双重独立，人便能以自尊自爱的精神坦然面对生活中的一切挑战。简·爱的故事，正是这种精神的生动写照。

《使女的故事》奥芙弗雷德：

当身体不属于自己，
便只是有用的容器

创作背景

《使女的故事》是加拿大文学女王玛格丽特·阿特伍德的代表作。该书是经典的反乌托邦小说，灵感来源于二十世纪八十年代初的美国。当时美国的保守派势力掌权，政府呼吁传统家庭价值观和道德准则的回归，女权主义者成为最不受欢迎的对象。

阿特伍德在书中作出大胆假设：美国发生了政变，由神权独裁统治，名为基列国。宪法和国会都不复存在，《圣经》成了唯一的行为准则。为了应对生态恶化导致的人口大幅下降，基列国建立了名为"使女"的制度。

小说的背景是美国马萨诸塞州，这里俨然成为被黑暗统治的世界。在这里，女性没有拥有财产和工作的权利，只能待在家里。所谓的使女，就是指那些专为上层人物传宗接代的女性。她们不能有自己的生活，不能叫自己的本名，甚至都只能穿红色修女服。这寓意着她们的存在只和生育有关。阿特伍德想要通过自己的作品指出当时社会中潜在的危险趋势，从而唤起读者的警惕。

时代的牺牲品

奥芙弗雷德并非她本名。故事开始，她只是一名普通女性，有一份体面的工作，过着平凡而充实的生活。她有家人、朋友，后来还结了婚，并生下一个女儿。

性格包容而坚韧的她，陪伴着狂放不羁的母亲四处漂泊。她欣赏朋友身上流露出的自由与洒脱，也不介意丈夫有过婚姻生活。对她而言，生活中的不圆满无法阻碍她追寻幸福的步伐。她本以为，自己将在这样平凡而幸福的生活中度过余生。然而，一场突如其来的革命彻底颠覆了她的人生。

一天，上司毫无理由地辞退了她。紧接着，她发现自己的银行卡无法使用，存款也被冻结。旁人告诉她，今后女性所有的财产将由亲属中的男性继承。这场革命如同洪水般席卷而来，顷刻间摧毁了她的生活。

一夜之间，她失去了工作、财产、人权。原有政权被迅速推翻，基列政权取而代之，掌控整个国家。政权交替的社会混乱无比，暴力与犯罪无处不在，生理上处于弱势的女性，随时面临着危险。

几乎每位女性都要熟记一些不成文的生存规则：不在夜晚

出门，即便白天也只走人多的地方；不给陌生人开门，即便站在门外的是警察；不在晚上独自前往洗衣房；对路上的口哨声置之不理；开车时车门必须上锁……这些规则成了她们生存的底线。

然而，基列政权的野心并未止步于此。他们以《圣经》为准则，建立了残忍野蛮的专制统治制度，彻底剥夺女性的人权，把她们按照地位和生育能力划分为不同等级：大主教夫人、嬷嬷、使女、女仆、经济太太以及荡妇。

为了区分身份，每个等级的女性被要求穿着特定颜色的衣服：大主教夫人穿蓝色，使女穿红色，女仆穿绿色，经济太太穿条纹……婚姻不再受法律保护，女性只能接受被分配的命运。

她与丈夫试图带着孩子逃往加拿大。即将越过边境时，他们不小心暴露了行踪，从此丈夫不知所终，女儿也被强制带走，送给某位指挥官抚养。她因具备生育能力，被送往红色感化中心，成为使女。在这里，她的姓名、自由和情感被彻底剥夺。

红色感化中心是一个充满压迫、不断对女性进行洗脑的地方。嬷嬷们负责对使女们进行教化，迫使她们忘记过去的身份，只记得自己低下的地位与生育的义务。

嬷嬷们随身携带电击棒，只有完全顺从的使女才能免于电击。而那些试图逃跑的使女，一旦被抓回，除了子宫不会受伤，精神和肉体都会遭受非人虐待。

嬷嬷们经常让使女们集体虐待某个同伴，以此摧毁她们的意志，达到完全驯服她们的目的。同时，这种行为也破坏了使女之间的信任，阻止了她们联合起来反抗。

嬷嬷们惯用的手段是逼迫一名使女当众讲述自己年少时的痛苦经历，然后让其他使女将她围住，反复高喊“全是你的错”。这种丧失人性的行为在红色感化中心司空见惯。

内心力量被逐渐唤醒

奥芙弗雷德是弗雷德大主教赐予她的姓名。在红色感化中心完成教化学习后，她立即被送往大主教家中，履行她作为生育工具的使命——为大主教生下孩子。

被捕后，她每时每刻都在思念女儿，不知道女儿是否健康长大，是否长高了……她懊恼自己没有尽到做母亲的责任，甚至还要为别的男人生育孩子。这种屈辱让她恶心得直想吐。

在大主教家，奥芙弗雷德拥有一间属于自己的房间。与其说是房间，不如说是一间永远开着门的监狱。房间里除了一张床，几乎空无一物。由于发生过使女自杀事件，房间里不允许出现任何能用来自杀的物品，甚至连窗玻璃都是防碎的。这个房间成了她的牢笼，既保护她，又囚禁她。

奥芙弗雷德唯一能出门的机会是外出买菜。然而，这并不意味着她能感受到自由的空气。使女出门时必须结伴而行，彼此之间只能客套地打个招呼，之后便不能再交谈，连眼神交流也不能有。她们深知对方可能是监视自己的眼线，任何不当言行都可能被对方出卖。这种无处不在的监视与管控，充斥于她生活的每一个细微之处。

为了确保生下健康的孩子，成为一个“有用的容器”，她的饮食被严格控制，只能吃一些对胎儿有益的食物。她看着别人餐盘中的美食，默默地吞咽口水。

让她最难受的事情便是“授精仪式”。她像动物一样躺在床上，众目睽睽之下被大主教侵犯。为了防止大主教与使女之间产生情感，他们之间不能有任何肢体接触，整个过程必须在大主教夫人和仆人的监督下完成。

奥芙弗雷德不敢反抗，只能尽力配合，尽快怀孕是她唯一的出路。作为使女，如果没有在指定时间内生下孩子，就会被发配到隔离营——一个充满核泄漏与核废料的人间地狱。

在大主教家的日子越久，奥芙弗雷德越无法抑制对丈夫的思念。每次外出买菜，她都会特意绕到一堵围墙下行走。这堵围墙上悬挂着一具具尸体，都是基列政府眼中“违法者”的尸体。

她强忍恐惧与恶心，每次经过都会偷偷看向那些尸体。她既渴望得到丈夫的消息，又害怕在围墙上看到他的尸体。每当她没有找到那张熟悉的面孔时，心中都会暗自松一口气。

基列政府的迫害越来越丧心病狂。为了排除异己，他们设立了特工机构。特工们伪装成各种身份，遍布全国，监视民众的一举一动。即使是大主教这样的身份，也无时无刻不被监视着。

除了每天一次的采买、祈祷集会和使女的“产日”，她大部分时间被困在房间里，只能透过房间的小窗户，呆呆地望着天空，回忆曾经的幸福生活。这是她唯一的自由，也是她保存内心力量、继续活着的方式。

挺身而出对抗暴政

一次偶然的机会，奥芙弗雷德收到大主教的秘密邀请，来到他的书房。在这里，大主教与她一起玩被禁止的拼字游戏，并试图让她亲近自己。

原来，大主教早就对冷冰冰的制度感到厌倦。他渴望有温度的关系，希望奥芙弗雷德能成为他的情人。他主动给她看被封禁的杂志，还带她去了一个类似夜总会的地方，让她感受久违的自由。

在这个隐秘的场所，奥芙弗雷德意识到，当权者也在暗中违反自己制定的规则。基列政府的内部并非铁板一块，这个变态政权以压榨民众血汗来满足自己的私欲。

她不愿为这种政权付出生命，心中萌生出强烈的念头——一定要逃出去。然而，在统治者的严密监控下，她始终找不到逃跑的机会。直到有一次外出采买，同行的使女在城墙下主动和她交流。她这才得知，早已有人暗中成立了名为“五月天”的反抗组织，而这位使女正是其中一员。

这个消息让奥芙弗雷德看到了希望。此后，每次外出采买，她都找机会与这位使女互通信息。虽然使女们被剥夺了说话的权利，但她们仍通过唇语和手语进行短暂交流，蓄势待发，只为等到复仇那天。

然而，现实并不乐观，留给奥芙弗雷德的时间不多了。她必须尽快怀孕并生下健康的孩子，绝对不能被送到隔离营等死。她利用大主教夫人希望通过孩子稳固丈夫地位的心理，经夫人牵线搭桥，与司机尼克有了私下接触的机会。她想与尼克结合，尽快怀孕。

出人意料的是，奥芙弗雷德在与尼克相处的过程中爱上了他。“五月天”的反抗行动迫在眉睫，她却被短暂的温情蒙蔽了双眼。她不再幻想明天，觉得眼前的生活也可以忍受。

然而，残酷的现实很快击碎她的幻想。在一次采买中，她发现原先的同伴消失了——那位使女的身份暴露了，为了保护组织，她英勇就义。奥芙弗雷德为此痛苦万分。

祸不单行，奥芙弗雷德与大主教的关系被夫人发现了。她这才明白自己的处境，可为时已晚。她即将被送往隔离营。幸运的是，“五月天”组织成员及时赶到，将她救出。

奥芙弗雷德的努力没有白费，她终于离开了那座囚禁她许久的牢笼，逃往自由的新世界。尽管未来的生活充满未知，但这次她有了选择的权利。

奥芙弗雷德拒绝成为上位者的奴隶。她谨记自己是个独立的人，用坚强的意志抵抗这个吞噬人性的世界。她的反抗既不同于激进的抵抗军，也不同于那些屈服的女性，而是一种更谨慎且持久的抵抗。

在那个大多数女性如工具般生存的时代，她像开辟自家花园一样，努力建立起内心的领地。正是她这份努力，让后世得以听见在那个疯狂时代中，一个未被抹杀的女性的声音。

《伊豆的舞女》薰子：

保持距离的背后，是不可逾越的社会阶级

创作背景

《伊豆的舞女》是川端康成根据自己的亲身经历创作而成的，也是他早期最具代表性的作品。川端康成自幼失去双亲，长大后其他亲人也相继离世，不幸的身世让他自带一种“孤儿”气质。他因无法忍受东京的喧闹逃到伊豆，在这里遇到了一个舞女，也就是《伊豆的舞女》中薰子的原型。

主人公“我”为了摆脱孤儿根性来伊豆散心，在旅行途中遇到巡回艺人一行，“我”深受舞女薰子吸引，与他们一道旅行。在这期间，“我”与薰子之间萌发了纯真朦胧的情感，薰子纯洁善良的心灵治愈了“我”的忧郁，让“我”从一个冷漠的青年学生转变为一个接受他人善意并主动帮助弱者的热心青年。然而，这段隐晦的感情还未说出口，两人的离别就已经到来……

懂事的舞女

受生计所迫，薰子从小就以舞女身份跟着哥哥嫂子四处巡演。巡回艺人的社会地位很低，连他们当作故乡、充满眷恋的下田港，每个村口也都竖着“乞丐、巡回演出艺人禁止进村”的牌子。薰子小小年纪就品尝了生活的辛酸，强迫自己成为一个懂事的舞女。

故事开头就挑明，主人公“我”冒雨急匆匆地爬上陡峭的天城岭，目的就是想与舞女一行偶遇。然而，当“我”真的在茶馆遇到舞女时，却呆呆地愣在原地。薰子看到“我”傻站在那儿，立马让出自己的坐垫。这里有个细节，薰子是将坐垫翻过来才推给“我”，后续见“我”抽烟，又很熟练地将烟灰碟推到“我”面前。

薰子体贴的举止以及她较为成熟的扮相，让“我”误以为她至少有十七八岁了。所以，当“我”听到茶馆老太婆语气轻蔑地说，女艺人都是“哪儿有客人，就住在哪儿”时，也自顾自地把薰子当成一名成年女性去对待。直到之后在和薰子哥哥荣吉的一次谈话中，“我”才知道薰子才十四岁。

薰子用她小小的身躯背着沉重的鼓和鼓架，翻山越岭，为了拿到赏钱，尽心尽力演奏好每一首曲子；为了获得客人们的注意，她梳起不合年纪的发髻，打扮成画像中的美人；明明是爱玩的年纪，却有空就跟着阿妈练琴，提升技艺。

舞女的职业既辛苦又不体面，哥哥荣吉也觉得不应该让妹妹干这行，但因为有许多困难，只能继续下去。薰子不曾埋怨过哥哥，她明白这就是现实，活下去才最重要。

虽然在相处过程中，薰子对“我”有好感，但她也明白两个人身份不对等，总是下意识地与“我”保持距离。

在陡峭的乡间小径，即便“我”步伐再快，薰子也总能走在“我”身后，保持不到两米的距离。即使“我”想与她交流，两人之间也必须间隔两米的距离，一前一后说话，不曾靠近一点。相反，到达山顶时，薰子又靠近“我”，蹲下来给“我”掸去裤角的灰尘。

保持距离是因为，薰子知道她是被社会看不起的底层舞女，“我”是东京学校的学生。在阶级分明的旧日本，即使“我们”彼此有好感，这段恋情也不可能圆满。

主动靠近是因为，薰子并不是像普通人一样靠近“我”，而是自觉地将自己放到低人一等的位置，理所当然地服侍“我”。

这段朦胧的恋情最终淡淡地结束了，“我”也踏上了返回东京的客船。在码头上，薰子压抑着自己的感情，她怕自己会因为离别而哭泣，甚至不曾与“我”说一句话，“直到船儿远去，才开始挥舞她手中白色的东西”。

薰子是日本大正时期动荡社会中底层人民的代表。她从小流离失所，以卖艺为生，与“我”爱而不得、几乎永别的结局，是底层女性挣扎与惆怅的真实写照。

真诚的薰子

作为一名舞女，薰子没有被世俗污染，依旧保持她的纯真善良，很大一部分是受家庭的影响。

薰子哥哥荣吉是这个家唯一的男性，他十分尊重家庭内部的女性成员，深爱着自己的妻子。荣吉提过他和薰子还有个继承家业的哥哥，这意味着哥哥的生活更安稳，但薰子却未曾跟着长兄生活，说明作为女性的薰子在长兄继承家业后就面对被抛弃的命运，而荣吉主动承担起了照顾妹妹的职责。

荣吉性格诚恳朴实，待人热情善良，虽然经济拮据，但在送别“我”的时候，依旧给“我”买了四包敷岛牌纸烟和熏牌清凉剂。为了防止“我”晕车，他还贴心地买了柿子，与其一家贫困的生活形成鲜明的反差，更能体现他身上人性的闪光点。

阿妈是荣吉一家的长辈，她的一言一行都影响着薰子。阿妈传授薰子技艺，让薰子有一门能养活自己的手艺。即便生活再贫困，她也表现得不卑不亢，面对陌生男子对薰子的坏心眼，她怒而斥之，用行动向薰子展示如何保护自己。

面对薰子和“我”的暧昧情结，她也从不纵容，不允许薰子与“我”单独看电影。因为她明白，女性在这个世界上生活有多不易，这种没有结果的恋情只会伤害到薰子。

千代子是薰子的嫂嫂，两人如同姐妹一般。千代子第一时间察觉到薰子的爱恋之心，并在旁边温暖守护。她在与薰子无意间的聊天中引薰子说出“我”是个好人，并给予认同，言谈纯真而坦率，间接治愈了“我”的心。

千代子还多次提到她那去世的孩子。他们一家如此匆忙地赶路，也是为了尽快回到家给孩子做“七七”祭祀仪式。这看上去是一趟悲伤之旅，可千代子却表现得很坚强，并没有自暴自弃，因为她身边围绕着她最爱的家人，支撑着她继续前行。

即使被世人看不起，他们也未曾自轻自贱、仇视世人，仍用一颗善良的心对待他人。他们会热情招待“我”这个陌生人，会主动和路人打招呼，会在爬到山顶时引吭高歌一曲……在这样的家庭里成长的薰子，自然有着良好的教养和真诚的性格。

因此，当彼此渐渐熟识，一起爬到山顶时，薰子会自然而然地帮“我”掸去身上的尘土；当“我”寻求一根手杖时，会抢先帮“我”找到合适的竹子；会率真地认为“我”是一个好人。虽然都是一些小事，但每件事都体现了薰子的真诚，融化了“我”这颗因孤儿根性被扭曲的心。这朦胧的爱，始于外貌，陷于真诚。

恋爱的薰子

在这段暧昧关系中，看似是“我”在一步步靠近，但实际上两人的距离掌握在薰子手中。薰子总是依靠世俗的判断决定与“我”的距离，世俗包括地位、阶级、金钱，就是不包括爱。

从“我”的角度看，这段朦胧的恋情充满了苦涩。但是从薰子的角度看，这段从一开始就注定无法成真的恋情充满了绝望。

作为上层阶级的“我”与薰子产生交集，始于“我”那不可明说的“见色起意”。起初，“我”只把薰子当成可以随便呼唤进屋的女性。后来，“我”发现这是个天大的误会，薰子原来只是一名普通少女。在旅途中和薰子接触越多，“我”越能发现薰子身上天真无邪的一面。

最终，“我”被薰子真诚的话语感动，连自己身上的孤儿根性也被治愈了。可是，每当“我”希望和薰子的关系能更亲密一些时，薰子都会有意无意地在两人之间竖起屏障，“我”只能隔着无形的屏障品味爱而不得的苦涩恋情。

薰子作为身处社会底层的舞女，从小跟着哥哥走南闯北，不可能看不透“我”的心思，所以一开始只是单纯地将“我”当作来体验生活的公子哥儿，仔细地服侍，不曾表露自己的真心。

但随着两人更深的接触，“我”身上时不时流露出的忧郁让薰子很在意。她渐渐地意识到，原来“我”活得也没那么轻松。另外，“我”也不同于其他公子哥儿，很尊重薰子和她的家人，不会因为他们巡回艺人的身份而看不起他们，反而与大家打成一片，像亲近的朋友一样，所以才有后面薰子对“我”的评价——“真是个好人啊，好人就是好嘛”。因为以上种种，薰子对“我”有好感也在情理之中。然而，薰子并不仅仅是个情窦初开的少女，她还是个在社会上摸爬滚打的舞女，比“我”更明白何为无法跨越的阶级鸿沟。她绝对不会在这场没有结果的爱情中迷失自我。因此在旅行中，薰子总是试图拉开与“我”之间的距离，这样谁都不会受伤害。

明天，“我”就要离开这里返回东京了。

“请带我去看电影吧。”薰子终于鼓起勇气说了这样一句话。可惜，电影之行并没有实现，两个人只能在遗憾中离别。

《围城》孙柔嘉：

困住我们的不是城，
而是自己

创作背景

《围城》是钱锺书创作的唯一一部长篇小说。故事发生在二十世纪三四十年代的中国，主角是一群知识分子，他们游离于战争之外，留学归来，接受西方文化熏陶，内心抵触封建文化，但又缺乏与之对抗的勇气。钱锺书用独特的“围城”意象，描述了这群知识分子没有远大的理想，也无法把握自己生活的现状。

本书是中国文学史上一部风格独特的讽刺小说，被誉为“新儒林外史”。卷首有这样一句话：“围在城里的人想逃出来，城外的人想冲进去，对婚姻也罢，职业也罢，人生的愿望大都如此。”

很显然，钱锺书写这个故事的本意并不局限于以婚姻来谈“围城”困境。这种困境贯穿于人生的各个阶段，它的内容是多方面的，所表现的主题和象征也是多层次的。精言妙语是这部小说的一大成功之处，钱锺书善于运用比喻的手法来描写真情实景。将抽象事物具体化以达到强烈的讽刺效果，也是这部小说的一个特征。

费尽心思，勇敢追爱

孙柔嘉出生在一个重男轻女的家庭，从小就学会了凡事都要靠自己争取。她家庭背景普通，无法拥有良好的教育资源，但她凭借自己努力考上大学，并成为三闾大学的教师，彻底摆脱了对家庭的依赖，实现了经济与人格的独立。

孙柔嘉与方鸿渐的相识，始于前往三闾大学的旅途中。此时她刚踏入社会，外表清秀朴素，并不引人注目；而方鸿渐已是情场老手，曾与家世显赫的大家闺秀及留学归来的高知女性交往。孙柔嘉显然不是他的理想类型，他甚至对她的第一印象都模糊不清。

赵辛楣是孙柔嘉与方鸿渐相识的桥梁。他受孙柔嘉父亲之托，在旅途中对她多加关照。同时，赵辛楣与方鸿渐是关系复杂的好友，两人曾是情敌，共同追求过苏文纨，但苏文纨最终另嫁他人，两人因此从情敌变成好朋友。

方鸿渐通过赵辛楣的关系，得以在三闾大学谋得一份工作，随着时间的推移，与孙柔嘉逐渐熟络。孙柔嘉是个感情经历单纯的年轻女孩，从未遇到过方鸿渐这样懂得关心女性的男人。尤其是她从小缺爱，对方鸿渐的真诚关怀毫无抵抗力，很快就爱上了他。

民国时期，大多数女性仍受传统道德束缚，几乎没有人会主动追求男性。即便是留学归来的女博士苏文纨，面对方鸿渐时也总是隐藏真心，表现得冷淡疏离，只在心里暗暗期待他能主动表白。

孙柔嘉却与她们截然不同。她在爱情上勇敢而主动，善于利用一切机会拉近与方鸿渐的距离。刚到学校时，孙柔嘉收到了校方补发的差旅费。这笔钱明明是赵辛楣帮她争取的，她却特意上门感谢方鸿渐。

方鸿渐知道实情，拒绝接受她的感谢，但她固执地说，若不是方鸿渐在船上提醒赵辛楣，她根本拿不到这笔钱。

此后，孙柔嘉在学校遇到任何不顺心的事，总是第一个找方鸿渐倾诉。她向他坦露心声，抱怨学校安排她教英文，但是她不知道怎么教。课堂上遇到学生捣乱，受了委屈，她也会跑到方鸿渐面前哭诉。

孙柔嘉深知自己在家境和相貌上并无优势，因此为了赢得方鸿渐的心，她不得不使用一些小心机。从小生活的环境让她学会了将自己伪装成弱势的一方。

方鸿渐无意中得知陆子潇追求孙柔嘉，且两人关系似乎颇为亲密，心中不免有些酸涩。他找机会将外面的传闻告诉了孙柔嘉，孙柔嘉却借机向他诉苦，称自己对陆子潇的纠缠恨得要死，不知如何应对。

方鸿渐为她出谋划策，孙柔嘉则趁机与他拉近距离，表示自己“不太知道怎么做人”，希望方鸿渐能多教教她。在方鸿渐眼中，她就是个单纯无知的女孩，他也乐于多帮忙。

方鸿渐一步步走进孙柔嘉设计的“围城”。为了帮她摆脱陆子潇的骚扰，方鸿渐甚至配合她假称两人即将订婚，最终假戏成真。

本性初露，逐渐强势

虽然订了婚，但方鸿渐对孙柔嘉的了解并不多，感情也谈不上有多深厚。对此，方鸿渐说服自己，炽烈的爱情在订婚时已达到顶点，现在也挺好，婚后可以慢慢培养感情。

他甚至用了一个比喻来安慰自己：吃一串葡萄时，有人喜欢先吃最甜的，有人则喜欢把甜的留到最后。前者最后只剩下回忆，后者却始终怀有希望。他将这个比喻套用在自己与孙柔嘉的感情上，认为他们的关系还有发展空间，这是一件好事。

然而，孙柔嘉误解了他的意思，以为方鸿渐将她比作一颗“坏葡萄”，顿时心生不满。方鸿渐不得不费尽口舌解释，才勉强哄得她开心。借此机会，孙柔嘉从方鸿渐口中探知了他的感情经历，并不小心流露出自己的不满。

此后，她的控制欲逐渐显露。方鸿渐觉得自己仿佛找了一个“女主人”，渐渐被她驯服了。

被三闾大学解聘后，方鸿渐本想再拜托赵辛楣帮忙找一份工作。赵辛楣当时已在重庆的国防委员会任职，这件事对他来说并不难。孙柔嘉却极力反对，她认为如今的赵辛楣早已不同往日，再去求他未免有失颜面。更何况，三闾大学的职位本就是赵辛楣推荐的，结果方鸿渐却混成了给各系打杂的人，连教授头衔都没保住。因此，赵辛楣推荐的职位未必可靠。听孙柔嘉这么说，方鸿渐感觉自己很没面子，求她说话给他留点儿体面。

孙柔嘉原本以为嫁给方鸿渐是迈向幸福生活的开始，婚后却发现方鸿渐并不是一个胸有大志之人。失去三闾大学的职位后，他不仅没有积极寻求新出路，反而安于现状。

这与孙柔嘉期待的婚后生活相去甚远。她渐渐了解了，方鸿渐与她心中那个温柔体贴的形象截然不同。他脾气暴躁，言辞刻薄，这让她对理想家庭的幻想彻底破灭。

孙柔嘉不愿再扮演柔弱女性，渐渐显露出自己的强势。她第一次去方家时，就十分反感方家的封建做派。她既没有在祭祖时跪拜祖先，也不打算给小辈们准备礼物，完全是一副新式作风。这与方家格格不入，矛盾自然不可避免。

婚后，孙柔嘉也没有像方家其他女眷那样在家相夫教子，而是选择在外工作，工资还高于方鸿渐。方家对此极为不满，但她已经不再寄希望于方鸿渐，也不愿意顺着方家的规矩。

她清醒地认识到，如果自己不主动挣脱，就会沦为这个腐朽大家庭的免费保姆。她有学识，有智慧，完全有能力实现经济独立，摆脱对男性的依赖。

此外，方家女性在这座小小的“围城”中故步自封、钩心斗角，与她们的交往让孙柔嘉身心俱疲。方鸿渐也受不了这个充满谎言的家庭，最终下定决心与她一起离开方家。

婚姻“围城”，感情破碎

婚后不久，孙柔嘉与方鸿渐搬到了上海。他俩以为远离方家的束缚后，能够更好地经营婚姻生活。哪承想，他们的矛盾却日益加深。

孙柔嘉从小缺乏父母的关爱，成年后对爱有着强烈占有欲。婚前，她为了赢得方鸿渐的心，刻意隐藏自己的控制欲和忌妒心；婚后，她不再掩饰，时常对方鸿渐过去的感情生活冷嘲热讽。

方鸿渐在街上偶遇旧识，孙柔嘉也会醋意大发，怀疑他与前任藕断丝连。类似的争吵屡屡发生，方鸿渐的解释不仅不能平息她的疑虑，反而让她误会更深。

尽管两人搬到上海，但还是没有摆脱双方家人对他们婚姻生活的介入。再加上日常琐事的消磨，他们的争吵越发频繁，感情一度陷入危机。压垮这段婚姻的最后一根稻草，是孙柔嘉的姑妈。

孙柔嘉的姑妈是个典型的势利眼，一直瞧不起方鸿渐，认为他无能、脾气又大。她经常在孙柔嘉面前贬低方鸿渐，甚至当面嘲讽他。

这天，姑妈在孙柔嘉面前高声说道："鸿渐这个人，本领没有，脾气倒很大……男人像小孩子一样，不能骄纵的，你太依顺他。"这番话恰好被方鸿渐听到，他气得差点儿冲进去理论，却因用人的出现而不得不躲开。

等晚上方鸿渐回家后，孙柔嘉并不知道姑妈的话已被他听见，还抱怨他回来得太晚，让姑妈久等。她提到姑妈为他在厂里找了份工作——当时方鸿渐因报社倒闭而失业。方鸿渐听到这里，再也忍不住怒火，大声喊道："谁要她替我找事？我讨饭也不要向她讨！"

孙柔嘉听后，眼中燃起愤怒的火焰："她那句话一个字儿没有错！人家倒可怜你，你不要饭碗，饭碗不会发霉。好罢，你父亲会替你'找出路'。不过，靠老头子不稀奇，有本领自己找出路。"方鸿渐冷冷地回应，说他打算去找赵辛楣，这样她就可以一个人清静了。

两人你一言我一语，争吵愈演愈烈。孙柔嘉骂方鸿渐是赵辛楣的走狗，方鸿渐盛怒之下推倒了她，玻璃杯碎了一地。她一时冲动，抓起象牙梳子狠狠砸向方鸿渐的脸。方鸿渐夺门而出，留下她瘫倒在沙发上痛哭。

那天之后，孙柔嘉跟随姑妈离开了家，方鸿渐则计划筹够旅费前往重庆。这段婚姻，就此宣告破裂。

在婚姻亲密关系中，孙柔嘉和方鸿渐都未能做到一点：内省。两个人共同生活，难免会暴露出各自的缺点。为了避免争吵，双方都需要学会内省，即审视自我、反省过错。

当你在指责对方的缺点时，其实潜意识里也在指责自己的不足。当你发现对方某个缺点时，不妨先问问自己是否也有同样的问题。接受这一事实，正视自己的缺点，才能更平静、更客观地对待另一半。

《骆驼祥子》虎妞：

她的悲剧，

从嫁给一个不爱她的男人开始

创作背景

《骆驼祥子》是京派文学代表人物老舍创作的长篇小说。小说讲述了一个名叫祥子的农村青年，带着一腔热血进城当一名黄包车夫，最大的梦想是攒钱买一辆属于自己的黄包车。然而，在他用血汗钱买来的黄包车被大兵抢去、被旁人骗去之后，他开始怀疑自己的买车梦。

虎妞乘虚而入，迫使祥子娶她为妻。也因为这段婚姻，祥子终于拥有了一辆属于自己的黄包车，可虎妞死后，为了给她治丧，这辆车又被卖掉了。最终，祥子心如死灰，放弃梦想，还染上了吃喝嫖赌的恶习，成为一具行尸走肉。

老舍以细腻的笔触展示了二十世纪二十年代旧北京底层贫苦人民的生活。当时正值北洋军阀统治时代，普通人民想要通过自己的双手求得一丝生存十分困难。祥子作为普通农民的典型，从最初纯朴善良的农村青年异化成自甘堕落的流氓，深刻反映出当时社会对底层劳动人民的残酷剥削。

被嫌弃的虎妞的一生

北平有一家名为“人和车厂”的洋车厂，拥有数百辆洋车供车夫租赁，还提供宿舍供车夫居住。车厂老板刘四爷有个女儿，三十七八岁，相貌粗犷，性格豪爽，人称“虎妞”。

虎妞身材魁梧，性格刚烈，行事果断，颇有男子气概。她协助刘四爷将车厂管理得井井有条，使人和车厂成为洋车行业翘楚。虎妞的名声在北平城内外也是无人不知，无人不晓。

虎妞自幼在车厂长大，性格泼辣，行事剽悍，远近闻名。她的外貌与性格一样粗犷，加之刘四爷不愿失去这个得力助手，导致她的婚事一拖再拖，直到近四十岁仍未出嫁，成了无人敢娶的“老姑娘”。

祥子年轻力壮，勤劳朴实，虎妞对他心生好感。在车厂，虎妞对祥子关怀备至，见他满头大汗归来，便递上水，叮嘱他注意休息。然而，祥子对这位年长自己许多的女人并无男女之情，只愿与她做朋友。

为了与祥子结婚，虎妞利用自己的小权力，引诱祥子与她发生关系，并假称怀孕，迫使忠厚的祥子不得不答应娶她为妻。虎妞计划在刘四爷生日当天，说服他认祥子为干儿子，再逐步让刘四爷接受他们的婚事。

谁知，刘四爷当众打破了虎妞的如意算盘。虎妞只得公开她与祥子的关系，并声称自己已怀孕，逼迫刘四爷同意他们的婚事。令虎妞心寒的是，刘四爷并未妥协，甚至表示不会给她一分钱。她毅然与刘四爷决裂，坚持与祥子结婚，最终在无人送亲、父亲缺席的情况下，孤身嫁给了祥子。

婚后，虎妞努力扮演贤妻良母的角色，为祥子洗衣做饭，打理家务，试图让他感受到家的温暖。然而，祥子对这桩婚事始终心存芥蒂，视之为耻辱，甚至不愿意跟虎妞一起出门，觉得丢脸。

渐渐地，虎妞察觉到祥子对她的冷淡，但她生性倔强，加之掌握家中经济大权，祥子即便心中再不满，在家中也得听她的话。

虎妞自幼受刘四爷影响，养成挥霍无度的习惯。婚后，她依旧花钱大手大脚，享受生活，想着等钱花光后向刘四爷认错，重回过去的生活。

令她万万没想到的是，刘四爷早已卖掉车厂，销声匿迹。她这才反应过来，自己被父亲抛弃了。她认命了，拿出一百块钱为祥子买了一辆黄包车，把其余的钱牢牢攥在手中。她知道家里谁有钱谁做主。

不久，虎妞怀孕了。她误信他人言，以为怀孕期间不宜运动，每天就躺在床上，暴饮暴食。长期缺乏运动和饮食过度导致她在生产时遭遇难产。她苦苦挣扎了三天三夜，仍未能生下孩子。

虎妞拿出仅剩的七八块钱，请来陈二奶奶，喝下她给的催生符水，却依旧疼痛难忍，毫无效果。最终，陈二奶奶告诉祥子，必须送虎妞去医院，否则将有生命危险。

祥子听说难产去医院需要花费几十块钱，而他身无分文，只能眼睁睁看着虎妞断了气。

虎妞的死，既因几十块钱的医疗费，也因她的好吃懒做和无知迷信。不知她在临终前是否后悔，后悔放弃优渥的生活嫁给祥子。

虎妞去世后，祥子终于摆脱了她的控制，重获自由。然而，他也失去了一切:车没了，妻子没了，未出生的孩子没了，家也没了。

家庭是创伤的源头

虎妞作为车厂主的女儿，看似比其他女性拥有更优越的生活条件和更多的权利，可实际上她的生活远没有外人想象的那般美好。她之所以变成近四十岁仍未出嫁的“老姑娘”，表面上是因为刘四爷舍不得这唯一的女儿，背地里却是因为刘四爷在压榨她。

他既需要一个不花钱的管家，又需要一个能随时照顾他的保姆。一旦虎妞嫁人，这一切都将化为乌有。

刘四爷从未将虎妞视为继承人，只把她当作一个好用的工具。他深受重男轻女封建思想的影响，一生最大的遗憾就是没有儿子。因此，他从未将虎妞当作真正的家人，也从未考虑过她的终身大事。

在刘四爷眼中，祥子不过是一个可以随意压榨的奴隶。他知道虎妞喜欢祥子，但决不会同意这门亲事。身无分文的祥子无法给他带来任何好处，反而会让他失去一个免费的管家和保姆，甚至还会染指他的家产。

当刘四爷发现虎妞为了祥子反抗自己时，他决定抛弃这个不受控制的女儿。为了防止女儿分走财产，他迅速变卖车厂，带着全部家产销声匿迹。面对亲生女儿，刘四爷的表现可谓毫无人性，这也折射出旧时代女性在社会中的卑微地位，令人唏嘘。

虎妞在这样扭曲且缺爱的环境中长大，自然极度渴望拥有一个充满爱的家庭。她不在乎祥子是否有钱，只觉得他是一个可靠、能为她遮风挡雨的男人。她只想与祥子过平淡幸福的生活。

没有人告诉虎妞什么是正常的爱，她用错误的方式获得了这段感情，完全忽视了祥子的感受。祥子不是她管理的车厂，不能事事听从她的安排。他是一个有血有肉的人，也会痛苦，也会怨恨。靠欺骗和不入流的手段得来的婚姻，注定无法圆满。

虎妞替刘四爷管理车厂多年，攒下了一些私房钱。刘四爷宣布与她断绝关系后，她便将这些钱当作嫁妆，与祥子结了婚。

按理说，虎妞应该对金钱管理颇有心得，但受刘四爷影响，她养成了好吃懒做、贪图享乐的坏习惯。她花钱大手大脚，从不考虑未来的生活。

刘四爷有雄厚的资产作支撑，虎妞却没有。与刘四爷断绝关系后，她依旧挥霍无度，没有节制。很快，她的嫁妆耗尽，祥子辛苦拉车赚的钱也未能攒下分毫。怀孕后，她胡吃海塞，整日躺在床上，身子越来越笨重，最终导致难产。在最需要钱的时候，她却身无分文，连医院的门都没能踏入，只能在家中痛苦离世。

刚毅不服输的性格

虎妞并非传统文学作品中温柔贤淑的女性。她长得虎头虎脑，像黑塔一样，从小跟着父亲在车厂里摸爬滚打。车厂里全是男人，如果她不表现得强硬一些，根本镇不住他们。她剽悍泼辣的性格就是这样形成的。

尽管她将车厂管理得井井有条，但强势的性格让大多数男性对她望而却步，婚姻大事始终没有着落。

在女性地位低下的旧社会，她们没有继承家产的权利，只能费尽心思迎合男性的审美标准，将嫁人生子视为毕生使命。虎妞“丑陋”的样貌让她从一开始就失去竞争的资本，她却丝毫不在意。

虎妞被人嫌弃的外表，实际上是她坚毅内心的外化。她从小就尝过权力的滋味，不甘心成为受丈夫摆布的可怜女人。她要把权力牢牢掌握在自己手里。

虎妞看中了祥子老实本分、踏实肯干的性格，认为他与那些吸女人血的男人不同。然而，她忽略了一点，祥子虽然老实，但他也是旧时代的男性，温柔贤惠的女性才是他心中理想的妻子。

虎妞用欺骗和逼迫的手段让祥子娶她，本身就让祥子不待见她。即便婚后她对祥子百般关心，甚至愿意为他放弃一切，祥子也不会因此而感激她。相反，他只会更加怨恨她。

祥子宁愿向小福子倾诉心事，也不愿对虎妞说一句心里话。他对虎妞没有一丝爱意，将自己的不幸全都赖到她身上。他在家中不敢反抗虎妞，因为经济大权在她手里。他只能通过情感上的冷暴力来报复，拒绝沟通，无视她的情感需求。

虎妞的悲剧结局一定程度上是她的性格导致的。她从小丧母，父亲只将她当作免费劳动力，导致她行为举止像男人一样强势，说话也带着刺。再加上“丑陋”的外貌，使她更不受周围人待见。

婚后，她的性格与祥子格格不入。因为常年打理车厂，虎妞经验丰富，她建议祥子放弃辛苦的拉车工作，与她一起租车赚钱。祥子作为从乡村来城里打工的农民，骨子里不愿剥削别人，只想靠自己的双手踏实赚钱。

另外，虎妞作为家庭中经济上占优势的一方，对待祥子态度傲慢，常常用钱来要挟他。祥子在家庭中没有话语权，只能听从虎妞安排。这样不平等的地位无法形成良性关系，婚姻只能走向破灭。

在虎妞与祥子的关系中，虎妞性格要强，即使犯错也不愿低头，将祥子越推越远。其实，这是许多人在亲密关系中常犯的错误。殊不知，偶尔主动展示脆弱是迅速建立和加深亲密关系的途径之一。

当你展示出脆弱时，会不自觉地敞开心扉，而身边的人也会因此心软，也会展示出脆弱的一面。此时，正是彼此之间建立牢固联结的最佳时机。面对外界的风风雨雨，我们必须强大，但回到家中，不妨卸下“强大”的外壳，让最爱的人抚慰那颗柔软的心。

《喜福会》吴菁妹：东亚母女，相互斗争又彼此依恋的一生

创作背景

《喜福会》是美籍华裔女作家谭恩美的代表作，她用极富中国特色的故事，为西方读者展现了东方文化的魅力。小说从华人的角度出发，讲述了华人在美国的生存现状及内心冲突。

小说主人公吴菁妹生于美国，长于美国，说着一口流利的美式英语，虽然长着东方脸，骨子里却是美国人。由于从小受美国文化的熏陶，她天生就向往美式生活。而她的母亲吴宿愿却是一位传统的中国女性，身上还有着中国式家长的作风。

一个是中国母亲，一个是美国女儿，可想而知，母女二人之间会擦出怎样的火花。吴菁妹认为自己不是母亲的奴隶，不用事事都听母亲的，她是一个有独立思想的个体，她要为自己发声。可吴宿愿认为，只有顺从的女儿，才能生活在这个屋子里。

母亲悲剧般的命运

吴宿愿本是民国时期一名普通的军官女眷，与丈夫及双胞胎女儿过着幸福的生活。然而，战争的爆发打破了这份宁静，迫使她带着双胞胎女儿逃往桂林避难。不久，战火蔓延至桂林，她只得再次起程，前往重庆与丈夫团聚。

途中，吴宿愿不幸染上痢疾，身体虚弱至极，无法继续前行。在绝望中，她将仅有的钱财和两个女儿放置在路边大树下，并留下一张纸条，写明丈夫在重庆的地址，并强调如果有人把两个孩子送到重庆，定有重赏。随后，她昏倒在地。

当吴宿愿在医院苏醒过来时，女儿们已不知所终。更令她悲痛的是，她收到丈夫在战场牺牲的消息。战争让她失去了家园和亲人。在医院治病期间，她结识了与她同病相怜的男病友，两人决定逃到异国远离战乱，于是远渡重洋来到美国，并结为夫妻，相互扶持。吴宿愿成为第一代在美国扎根的中国女性。

初到美国，吴宿愿与这里的生活格格不入。她觉得自己就像那些救济用的美国衣服，松松垮垮地挂在身上，一点儿都不合身。她无法摆脱骨子里的中国印记，也难以适应美国文化，在两种文化的海浪里挣扎求生。

为了排解孤独，她组建了名为“喜福会”的小团体。在这里，她可以用熟悉的语言和方式交流，大家一起做中国菜、穿旗袍、打麻将，寻找片刻慰藉。

吴菁妹是吴宿愿与第二任丈夫在美国所生的女儿。为了弥补失去双胞胎女儿的伤痛，她将全部的爱倾注在吴菁妹身上，希望女儿能成长为像白天鹅一样美丽高贵的女孩。

吴菁妹小时候活泼可爱，吴宿愿发现她的一举一动，甚至就连哭的样子，都和美国童星秀兰·邓波儿神似。她打算将女儿培养成下一个秀兰·邓波儿。

于是，吴宿愿把女儿带到理发店，想要给她做一个秀兰·邓波儿同款发型。但是，给吴菁妹理发的发型师学艺不精，一不小心就把她的头发剪得参差不齐。最终，吴菁妹只能顶着小男孩的发型走出理发店。

从吴菁妹幼年起，吴宿愿每晚都会对女儿进行“天才测试”，收集报纸杂志上的神童故事，坚信女儿终将成大器。她希望女儿能过上更好的生活，不要像她那样命运多舛。

然而，在美国自由教育下长大的吴菁妹，对母亲的控制欲十分反感，厌恶母亲干涉她的人生。中国母亲和美国女儿的矛盾就此开始。

女儿的挣扎

吴菁妹的童年充满了痛苦。不知从何时起，母亲总是拿她和阿姨家的孩子作比较。别人是天才，母亲就幻想她也是天才。结果总是希望越大，失望越大。

一天晚上，母亲让她读《圣经》，然后复述内容。吴菁妹只能复述几句，这让母亲大失所望。从那一刻起，她意识到母亲对她的爱是有条件的，是需要回报的。她开始厌恶各种测试，厌烦看到母亲失望的脸色，脑海中叫嚣着她要反抗。

母亲固执地认为吴菁妹钢琴天赋极高。为了能让女儿免费去上钢琴课，她不惜去老师家里当清洁工。然而，在吴菁妹眼中，上钢琴课如同在地狱受刑。为了反抗母亲的霸道教育，她故意不专心听讲，钢琴水平始终没有进步。

在一场小型音乐会上，吴菁妹被迫登台表演，台下坐着父母和他们的朋友，她漫不经心地按着琴键。母亲期待她能在台上大放异彩，为自己长脸。谁知，吴菁妹突然弹错一个音，随后错误连连，仿佛断了线的珠子。母亲在台下如坐针毡，颜面尽失。

尽管吴菁妹在音乐会上表现糟糕，母亲依旧我行我素，将她逼得越来越紧。每到练琴时间，母亲便催促她赶紧练习，但她的反抗一次比一次激烈。她甚至冲着母亲大喊："那我希望你从没生过我！希望自己已经死了！就像她们俩！”

吴菁妹口中的“她们俩”，指的是母亲因逃难而丢失的双胞胎女儿，这是母亲内心最深的伤痛。听到这些话，吴宿愿目光呆滞，嘴唇紧闭，胳膊无力地垂下，一脸震惊地退出屋去，仿佛一片被风卷走的瘦小干枯、了无生机的棕色树叶。

吴菁妹一心想要按照自己的想法生活，却在现实中处处碰壁。长大后，她既没有过硬的技能，也没有拿得出手的学历。大学肄业的她，在职场上毫无竞争优势，最终只能找到一份勉强糊口的工作。

在她人生的低谷期，母亲始终陪伴着她。一次聚会上，吴菁妹与好友韦弗里发生激烈争吵，起因是她写的广告文案未通过韦弗里公司的审核。她觉得很委屈，无法面对聚会的朋友们，只能躲进厨房假装洗碗，缓解尴尬。

母亲来到厨房，告诉吴菁妹要勇敢走自己的路，不要在乎别人的评价。说话间，母亲送给她一块名为“生命的真谛”的玉佩。遗憾的是，吴菁妹觉得玉佩太大、太俗气，并不喜欢，随手将它扔进一个盒子里。

她不知道母亲送她这块玉佩，是想告诉她：无论生活多么艰难，都要充满自信，母亲永远是她坚强的后盾。

重返故乡，读懂母亲的人生

母亲去世后，吴菁妹开始思考生命的意义。她忽然明白，只有母亲在努力告诉她什么是生命的真谛，也只有母亲才能真正理解她的情绪。于是，她重新找出母亲送的玉佩，每天都戴在脖子上，寄托对母亲的怀念。

值得一提的是，吴菁妹重新掀开了尘封已久的钢琴盖板，按响了琴键。她惊讶地发现，琴音比想象中更加饱满。听着有力的琴声，她终于领悟了，母亲为她所做的一切都是出于爱，而她却从未回报过母亲任何东西。

小时候，她学钢琴时展现出了天分，很快就掌握了基本技巧。如果当时坚持下去，或许她真能成为一名钢琴家。可惜，那时的她厌恶被母亲控制，对练琴充满抵触，最终只能弹出刺耳的音符和不和谐的曲调。

吴菁妹觉得自己像一名逃犯，拼命躲避追捕，直到筋疲力尽停下时，才发现身后空无一人。她一直以为母亲在控制自己，于是拼命反抗。直到母亲离世，她才明白，自己从未有过对手，只有母亲给她的爱。

吴菁妹也加入了喜福会。从母亲的好友的描述中，她重新认识了母亲。母亲生前最大的心愿是找到当年逃难时失散的双胞胎女儿，但直到去世也未能如愿。母亲的好友为了完成她的遗愿，一直未放弃寻找。终于，一封跨洋的信交到了吴菁妹手中。

吴菁妹接过这封沉甸甸的信，双手颤抖，热泪盈眶。喜福会的阿姨们还给了她一张支票，让她回中国与姐姐们见面，并嘱咐她将母亲的一切告诉姐姐们。

吴菁妹陷入了迷茫。她与母亲很少交流，不了解母亲的过去，也漠视母亲的生活。母女间的对话常常是鸡同鸭讲，吴菁妹听不出母亲的弦外之音，母亲也难以猜透她的心思。

她的迷茫让喜福会的阿姨们焦急万分，纷纷说道："你母亲很善良！""她很能干！""她对家庭尽职尽责！""她会做一手好菜！"最后，她们忍不住埋怨："竟然有人不了解自己的妈妈！"

吴菁妹坐上飞往中国的航班。踏上中国土地的那一刻，她感到一种血脉偾张的激动，骨子里隐隐传来旧时的熟悉与疼痛。她觉得自己正在变回中国人。她抵达姐姐们所在的城市，刚走出机场，两个姐姐便飞奔而来，紧紧抱住了她。所有疑虑在那一刻烟消云散，她们一起喃喃念着："妈妈，妈妈！"

故事结尾，吴菁妹与喜福会的阿姨们打麻将，她坐在母亲原来的位置。这似乎象征着母女关系从隔阂走向理解，从对抗走向和解，从分离走向继承。她也踏上了精神回归的旅程。

《青蛇》小青：

在欲望里突围，在顿悟中救赎

创作背景

《青蛇》是香港作家李碧华的代表作之一。在她的作品中，女性角色往往美丽而深情，为爱不惜跨越生死轮回，她们的故事充满了悲壮的色彩。李碧华仿佛是一位超然的旁观者，以冷峻的笔触书写着跨越时空的爱情与背叛，将人性的复杂与情感的纠葛展现得淋漓尽致。

李碧华成长于木梯阁楼，见惯了女人间的熙攘纷争和大家庭中的相互倾轧，这样的成长背景使她对人性有着充分的理解。她笔下的小青，不再是传统故事《白蛇传》中那个忠心耿耿的婢女形象，而是一个立体丰满、充满情感的角色。

小青既忠于白素贞，又渴望自己的爱情。她敢爱敢恨，为爱痴狂，与白素贞产生了冲突。在经历了人间爱恨情仇后，小青最终看透了爱情的虚幻和人性的复杂，挥剑斩断情缘，归于尘世，实现了真正的超脱。这种对传统故事的重新演绎，不仅赋予了角色新生命，也展现了李碧华对人性和情感的洞察。

混沌初开，追随成全，亦寂寞失落

在西湖幽深的桥底，栖息着一条拥有五百多年道行的青蛇——小青。她与白蛇素贞情谊深厚，宛如姐妹。她们一同盘蜷于西湖之下，相互依偎，见证时代的变迁与沧海桑田。在这漫长的岁月里，她们彼此陪伴，打发这长生不老的枯燥时光。

白素贞已修行千年，道行深厚，见识广博。一次化作人形游历人间时，她们误食了吕洞宾的七情六欲仙丸，从此心生欲念。白素贞年长于小青，在仙丸的作用下，开始向往人间男女的恩爱生活。

曾经，她们化作人形，不过是为了消遣时光。现在，开窍后的白素贞开始顾影自怜，感叹一个女人装扮给另一个女人看终究索然无味，赢得另一个女人的赞美也毫无乐趣。

白素贞渴望一段平凡而真挚的爱情，想要感受人间的男欢女爱。那嘘寒问暖、眉目传情的点滴，对她而言，是最原始的感动。情窦初开的她，宛如俗世中情根深种的女子，沉浸在对爱情的憧憬中。

面对白素贞的转变，小青心中充满慌乱与不解。她不明白姐姐为何想要男人，明明他们是最伤女人心的存在。她绞尽脑汁劝说白素贞，描述人类都是一代比一代奸狡，试图让姐姐明白，自己更值得她的喜欢与陪伴。

小青不愿姐姐涉足纷繁人世，害怕姐姐离她而去。但白素贞心意已决，执意前往人间寻觅爱情与如意郎君。

不愿与白素贞分离的小青，也随姐姐来到人间。在断桥上，她们遇见了眉目俊朗、心地善良的许仙。白素贞无法自拔地爱上了他。为帮助姐姐赢得许仙的心，小青甘愿化作红娘，为他们牵线搭桥。

眼见姐姐得偿所愿，与许仙浓情蜜意，缔结深厚情缘，常年陪伴姐姐的小青倍感落寞。她心中幽幽叹息："一直以来，她身畔是我，我身畔是她。同吃同睡，连洗澡都在一起。但此后，我要把这位置让出来了。"

小青默默陪伴在姐姐身边，见证姐姐与许仙的爱情。时间久了，她也开始好奇男女间那种叫人软弱无能、万念俱灰的感情。她不甘心寂寞地度过漫长人生，忌妒姐姐与她说话时难掩跋扈的神情，无法接受姐姐轻视她，总爱说她不懂男人的心。她渴望像姐姐一样，全身心投入另一个身份——一个女人，一个拥有男人的女人。

曾经的小青单纯而心无旁骛，是一条随性而活的青蛇，舒适地蜷缩在西湖底，真诚地与姐姐相伴。她不贪恋红尘，更不屑于鄙俗的人间，活得简单而快乐。她如同情窦未开的少女，未知感情之甜、之祸、之痛彻心扉，一颗灵动的心全然扑在白素贞身上。

但与姐姐一同入人间、食仙丸，拥有七情六欲后，她生出忌妒之火，变得越来越像人间为爱相争的女子。她因一念而情深，深陷爱欲旋涡，变成了渴望爱、渴望得到男人心以证明自己的人类女子。她的内心在这爱欲的波涛中不断地挣扎与沉浮。

孤注一掷，因爱反目，跌入情欲旋涡

白素贞一心想成为许仙心中理想的妻子。她为许仙置办家业，用尽浑身解数，只为博他欢心。她眼里只有许仙，即使面对他的疑虑和试探，她依然盲目地付出所有。

小青却只看到白素贞的卑微和许仙的坐享其成。她既鄙视这种烂俗的爱情，又暗自向往被爱的感觉。

小青被这种扭曲的欲望折磨。她不愿独自承受痛苦。作为妖，她从不委屈自己，偏要尝尝爱情的滋味。凭借几百年修行和姐姐的指点，她深知男性的弱点和劣根性。

小青将许仙当作猎艳目标。她从未打算隐瞒姐姐，就是要让姐姐知道，许仙这个男人的本性。白素贞发现了这一切。

妖的感情直截了当，为了爱情，即使是相伴几百年的姐妹，她也决不留情。

一场厮杀因许仙突然出现而中止，但更丑陋的斗争还在后头。小青得知许仙在法海的教唆下，计划在端午节骗白素贞饮下雄黄酒，现出原形。小青顺势用激将法让姐姐喝下雄黄酒，并在她的蛇皮七寸处扎下七根绣花针，使她现形后无法恢复人身。

有了七情六欲的小青，完全不顾姐妹情谊。她得不到的，也不想让姐姐得到。然而，世间之事哪怕你机关算尽，也难保毫无差池。小青算到了白素贞会现出原形，却没能算出许仙会被活活吓死。

为救许仙，白素贞冒死到昆仑山盗取灵芝，并将灵芝交给小青，请求小青速速回保安堂救人，她留下来断后。然而，许仙被救活后，却与小青越轨。同一屋檐下，一个风流多情，一个蜜意缱绻，二人终于在许仙离魂乍合、死而复生时，冲破了最后一丝理智。

白素贞摆脱一切纠缠返回人间后，小青的欢愉顷刻消散。一切看似恢复如常，却已无法回到从前。聪明如白素贞，怎会察觉不到变了味的男女关系？她用最残忍的话语表达憎恨。为救爱人而身心俱疲，加上爱人与妹妹的双重背叛，令白素贞昏死在小青面前。

望着倒下的姐姐，小青化身为最邪恶的妖，企图取代白素贞，彻底成为许仙的妻子。白素贞早已察觉，撑着一口气，抢先一步将剑架在她的颈项。爱情让她们都中了毒，最终兵戎相见。在这场较量中，小青败了。她无法像姐姐一样痴傻，为爱失去自我；也无法像姐姐一样隐忍，将一切痛苦吞下。输赢已定，她选择永远退出。

与白素贞的卑微、讨好、委曲求全不同，小青始终跟随本心，至情至性。白素贞因痴爱而无视许仙的劣根性，小青虽深陷情欲旋涡，却始终保有三分理智，不肯像姐姐一样失去自我，没了本心。

破茧成蝶，归于尘世，看透人间无常

许仙不想失去白素贞的温柔，又贪恋小青的妖娆，始终无法舍弃任何一人。他虽在佛前立下“如对素贞负心将不得好死”的重誓，却转头尾随小青，恳求她带他一起远走高飞。

放下欲念的小青无视许仙的请求，她只可怜姐姐痴心错付，更明白许仙今日能如此对待姐姐，他日也会如此对待自己。她恨姐姐的痴，更恨许仙的薄情。

被小青拒绝后，许仙恼羞成怒，开始对她冷嘲热讽。其实他早已知道她们是蛇妖，故意放任两人争斗，只为坐收渔翁之利。看透许仙的小青，为她和姐姐感到惋惜，痛心她们竟爱上这样一个男人。

尽管她对许仙已厌弃至极，却始终不忍戳破姐姐对爱情的幻想。当许仙被法海带往金山寺后，白素贞不顾一切去救他，小青依然不离不弃，陪在姐姐身边，与她一同力战法海和天兵天将。

面对生子后随时可能被法海镇压的姐姐，一向傲骨铮铮的小青双膝跪地，只求法海放过白素贞。然而，此时的白素贞已看透许仙的真面目，万念俱灰，自愿被法海收服。小青悲痛欲绝，理智尽失，提剑直刺许仙，斩断所有情缘。

将姐姐的孩子寻了人家后，小青从此告别人间，隐居在一座树木常青的小岛上。至情至性的她，用一段荒唐却毫无保留的爱，换得一生通透明了。当姐姐从雷峰塔下重获自由，再次为爱赴汤蹈火时，小青已从感情的旋涡中挣脱，不再贪恋世间情事，真正实现了超脱。

曾经的小青天真烂漫，洒脱不羁。她因害怕寂寞而追随姐姐，愿为姐姐周旋一切。作为蛇妖，她好奇人间的男欢女爱，想如姐姐般去爱，却在初尝情爱后堕落。

跌入欲望之中的小青，早已没了理智，与姐姐刀剑相向，因爱相杀。然而，看透男人的自私、朝三暮四与贪生怕死，目睹姐姐因错付爱情而酿成悲剧后，她幡然醒悟，决绝地刺死许仙。

正如李碧华所言：“七成饱，三分醉，十足收成。过上等生活，付中等劳力，享下等情欲。”对于女性而言，烹饪人生这锅汤，无论尘世万物还是爱恨情仇，都应如小青般，用七分火候，留三分随意，拿得起，放得下，驰骋快意人生。

《边城》翠翠：

守着命运的渡口，

却无法摆渡自己的人生

创作背景

《边城》是京派小说代表人物沈从文的代表作。沈从文生于湘西的凤凰小城，成长于青山绿水之间，故乡的一切为他的灵魂打上烙印，让他的文学作品呈现出浓郁的地方色彩。

故事发生在湘西小城茶峒，船家少女翠翠和外祖父相依为命，靠摆渡为生。在山水的滋养下，翠翠逐渐成长为精灵般美丽的姑娘，以至于茶峒城最优秀的两个少年都为她倾心，而情窦初开的翠翠，内心也早已有了明确的答案。然而，少女初长成的娇羞，却如一层无形的薄纱，遮住了她想要表达的心声，为她那本该成为美谈的婚事增添了波折与不确定性，扑朔迷离、难以捉摸的结局留给读者无尽的遐想与怅惘。

小说以细腻的笔触与深刻的内涵，讴歌了历经岁月洗礼却依旧熠熠生辉的美德。翠翠身上所展现出的善良、淳朴、沉静、纯洁，以及那宛如山间清泉般澄澈的人性之美，更是如同一抹浪漫的理想主义之光，穿透了现实的迷雾，照亮了读者的心灵。

懵懂初恋，稍纵即逝

茶峒是一个靠近湘西边境的小山城。小城依山傍水，城中的房子都是吊脚楼样式，一半靠着山，一半探在水上。山城相依的那条河名叫白河，河水清澈见底。

河的两岸群山耸立，山中都是可以用来造纸的细竹。近水人家都种了桃花或杏花，春天，凡有桃花或杏花处必有人家。住在这里，恍如生活在桃花源。

茶峒城边上有一条小溪，溪边有座白色小塔，塔下住了一户人家。这户人家只有一个老人、一个女孩和一只黄狗。那老人是管渡船的老船夫，女孩是他的外孙女翠翠。翠翠父母早逝，她自出生起便一直由外祖父带着。

翠翠由外祖父养大，所以将外祖父的养育之恩铭记于心，并力所能及地回报外祖父。一年四季，无论晴雨，外祖父都会守在船头，为行人摆渡，翠翠便留在家里忙活两个人的一日三餐。

家务活忙完了，翠翠会来到渡船上，帮着外祖父一起摆渡，减轻外祖父的负担。有翠翠在，老船夫累了，就能躺在临溪的大石头上安心地睡一会儿。

因为渡头和渡船都是公家的，所以乘船的人不用给钱。有人觉得老船夫十分辛苦，总会想方设法给老船夫塞钱。虽然每次他都会把钱还给对方，但总有几次船客跑得快，来不及还。

老船夫为了心安，就用那些钱买了茶叶和草烟，然后把草烟挂在腰带上，遇到抽烟的船客，便给对方塞一把。茶叶则用来泡茶，放在船上给人解渴。

渡头离茶峒山城有一里路的距离。逢年过节，翠翠都会带着黄狗进城买东西，让外祖父留在家里喝酒。但是，端午节是一个例外。不管城里举办的划船比赛有多么吸引人，只要外祖父不去，她都会留在渡船上陪外祖父。端午节那天，人人都赶着去看热闹，如果自己也进城去了，外祖父一个人会很孤单。

老船夫明白翠翠为他着想的心意，但他并不想翠翠整天只陪着自己这个老头子，所以端午节时会找熟人帮忙守船，带着翠翠进城看划船比赛。祖孙二人带着黄狗一起进城，到大河边看划船比赛。

河边站满了人，四只朱红色龙船在河里飞驰，鼓“咚咚”地响着，和渡头寂寥的景象完全不同。翠翠看着眼前的一切，抿着嘴一句话不说，心中其实很快乐。

那天，翠翠和外祖父被人群挤得走散了。翠翠怕外祖父找不到她，便守在河边等外祖父，一直等到天黑，正好遇到了刚参加完比赛的傩送。傩送看她一个人在河边可怜兮兮的，便邀请她去家里等。

翠翠却误会傩送是要欺负她，便骂了傩送。傩送知道翠翠对自己有戒心，便提着鸭子回家去，然后叫家里的工人来送她回家。

翠翠自此对傩送上了心。第二年端午节，祖孙俩又去城里看划船比赛，她心里期待再次遇到傩送。哪知，傩送这次去了六百里外的青浪滩过节。她不但没有见到傩送，还听说了傩送和王乡绅女儿结亲的消息。

翠翠听到这个消息很难过，她发现自己早就喜欢上了傩送，可惜为时已晚。而且，她也没有立场难过，茶峒青年男女的婚姻都是家里长辈做主，即使傩送没有结亲，翠翠也不太可能主动表达自己的感情。

阴差阳错，爱情悲剧

傩送的哥哥天保在端午节划船会上对翠翠一见钟情。不久，天保便托人向老船夫探话，说想娶翠翠为妻。

老船夫让中间人转告天保：如果他走车路，就应该由他的父亲做主，请媒人来正式说亲；如果走马路，就应该自己做主，站在渡口对面的高山上，为翠翠唱三年六个月的歌，俘获翠翠的芳心。

老船夫和翠翠说了天保的事情，问她对天保印象如何。翠翠心里已有心上人，但出于女儿家的娇羞，加上担心傩送不喜欢自己，她无法跟外祖父说明自己的心意。因此，面对外祖父的问话，她只能用沉默来回应。

天保不擅长唱歌，选择走车路。媒人上门替天保说亲时，老船夫因为摸不透翠翠的心思，并不想直接答应这门亲事。从青浪滩回来的傩送知道了这件事，急得不行，慌忙告诉哥哥自己也喜欢翠翠。

于是，两兄弟决定一起走马路，到翠翠家对面的山上唱歌。谁的歌声打动了翠翠，谁就和翠翠结婚。

因为天保已走过车路，所以唱歌的时候，为了公平起见，他让傩送先唱。天保为人爽直慷慨却不擅歌唱，傩送一开口，他就知道自己输了，怎么也不肯开口。

那晚，翠翠做了个美梦。梦里，她随着那美妙的歌声飘来飘去，上了白塔，下了菜园，到了船上，还飞到了悬崖半腰，摘了一把虎耳草。

第二天，翠翠把梦境告诉了外祖父。老船夫误以为是天保的歌声打动了她，便赶忙进城把此事告诉了天保。

天保听到老船夫说翠翠被歌声打动了，便知道自己输了。

他垂头丧气地将真相告诉了老船夫，随后上了货船打算出去散散心。哪知，天保却因此出了意外，掉入水中淹死了。

出事之后，傩送觉得是因为老船夫乱说话，哥哥才会登上货船，从此恨上了老船夫。虽然对老船夫心怀怨恨，傩送却依然想娶翠翠为妻，希望父亲能帮他说亲。

傩送父亲将天保的死归结在翠翠身上，坚决不同意傩送娶翠翠。傩送与父亲吵了几架后便离家出走，再也没了消息。

老船夫因为天保去世、傩送出走的事情内心郁结，不久就病倒了。在一个电闪雷鸣的雨夜，老船夫为翠翠盖了最后一次被子，睡下后再也没醒来。

翠翠在乡亲们的帮助下安葬了外祖父，接过了管渡船的工作，每天除了为行人摆渡，就在船头等傩送归来。傩送父亲被翠翠的真诚打动，松口接纳了翠翠，愿意让她以傩送媳妇的身份搬到家里来。

翠翠拒绝了。在她看来，她要嫁的是傩送，而不是傩送的家人，所以即便是要住到傩送家里去，也应该是傩送亲自来接。

秋去冬来，天气一天天地冷了，傩送却还没回来。他也许“明天”会回来，也许永远都不回来了。但翠翠觉得这没有关系，不管多久，她都会一直等着。

《京华烟云》姚木兰：旧时代对完美女性的幻想

创作背景

《京华烟云》是林语堂的长篇代表作。他在中国抗日战争期间完成了这部小说。为了纪念为保卫国家而英勇牺牲的战士，他将这部小说献给"英勇的中国士兵"。小说讲述了从清末到抗日战争近四十年间发生的故事，以北京城曾、姚、牛三大家族的兴衰以及家族恩怨为线索，为读者呈现了近代社会的风俗人情以及那个时代人们的思维方式。小说涵盖了中国文化的方方面面，从上流社会的娶妻嫁女、文人墨客的赋诗作对，到小家碧玉的闺房摆设、平民百姓的测字相面，乃至求道成仙、熬粥煎药，应有尽有。

林语堂曾说过"若为女儿身，必做木兰也"，姚木兰是小说的灵魂人物，她将中国传统女性的美好品德与西方女性的进步思想相融合，成为林语堂笔下贤良淑德、聪慧坚毅的女性。但在如此完美的表象之下，其实是男性审美主导的"完美"。要想了解真正的姚木兰，就要去探寻"完美"之下的"不完美"。

“完美”的姚木兰

木兰出身富贵之家，自幼知书达理。她的父亲思想开明，乐于让女儿接受西方先进思想，常为她讲述报纸杂志上刊登的“新时代女子”话题。

木兰天资聪颖，甚至能辨认当时极为罕见的甲骨文。尽管生于封建社会，因家教开明，她免受裹脚之苦，还学习了许多大家闺秀无法接触的技能，比如唱京戏、鉴赏古玩、吹口哨等。

光绪二十六年前后，义和团运动与八国联军侵华战争相继爆发，姚家为避战乱逃往乡下。慌乱中，年幼的木兰被人贩子拐走。在被拐途中，她表现得异常镇定，不哭不闹，耐心等待救援。

最后是父亲的好友曾文璞将她救出。曾文璞与木兰仅有一面之缘，为确认身份，他拿出一块甲骨让木兰辨认上面的字，她一眼认出。曾文璞欣喜道：“对了！她就是木兰，天下只有她一个小姑娘认得这种甲骨文！”

木兰十七岁时，父亲的朋友傅增湘为她吹来了新时代的风。傅增湘是才华横溢的学者，其夫人亦受过新式教育。两人热衷于普及女子教育，在天津创办了第一所女子师范学校。父亲将木兰送入学校，使她成为第一批接受教育的新时代女性。

受父亲淡泊闲适的道家思想影响，木兰养成了豁达理智的心性，能够淡然面对人生。她谨记心浮气躁有害心神，正直自持则外邪不侵。正如小说中所言：“一个万恶不能侵入的世界，自然是一个使人乐观奋斗的美好世界，自然活在如此的一个世界的人会有勇气，能奋斗，也能忍受。”

母亲的儒家思想也深深影响着木兰。母亲教会她生活的智慧，教导她成为端庄知礼、谦让服从的女子。木兰将父亲的道家思想与母亲的儒家教诲融为一体，成为林语堂笔下的完美女性典范。

出嫁后，木兰谦逊有礼、贤惠能干，赢得了全家人的认可。与丈夫曾荪亚相处时，她不唯唯诺诺，不愿成为以夫为纲的深闺妇人。她主动与丈夫一同逛公园、看电影，甚至随季节变换发型，夫妻间的情意越来越深。

木兰的贤惠大度，使她与妯娌亲戚相处融洽。曼娘、素云和木兰同为曾家儿媳，曼娘是曾老太太娘家唯一的亲人，家道中落，孤苦无依，嫁入曾家冲喜却不幸守寡；素云出身官宦之家，看不起贫寒的曼娘，时常出言侮辱她。木兰虽为富家之女，却从不歧视曼娘，反与她结为姐妹，维护她的地位与尊严。

在当时社会环境中，木兰不论门第高低，不顾身份贵贱，平和对待每一个人。在她眼中，人生无处不美。赏花品茗、古玩绣花、诗词歌赋，乃至芸芸众生的一切生命活动，无不引发她的兴趣。

她既热心于世俗生活，又沉醉于自然纯真；既能安享繁华，又能品味平淡；既能享受家庭之乐，又能领悟国家与民族的宏大历史变奏。她自带一种超凡脱俗的气质，成为那个时代独特的存在。

道家的女儿，儒家的媳妇

对待爱情，姚木兰从不强求。她知道现实无法改变，便努力调整心态，顺其自然。得知自己将嫁入曾家，也预料到孔立夫会娶自己的妹妹时，尽管她深爱孔立夫，但内心的道家思想让她选择顺应命运，嫁给曾荪亚。

唯有在那个中秋之夜借着酒意，她才“微微有点儿蔑弃礼法，真正感觉到自我个人的独立存在，为生平所未有”。但这短暂的念头很快消散。从此，木兰将自己对孔立夫的感情深埋于心底，发乎情，止乎礼，从不越界。

后来，孔立夫因一篇声讨檄文被捕入狱，到了面临处决的危险境地。当时，木兰的妹妹莫愁已怀孕。木兰代替妹妹前往监狱探监，并冒险独自去总司令部求情。凭借智慧与从容的态度，她拿到了司令官的赦免令。孔立夫被当场释放，她也全身而退。

木兰救孔立夫，既因他是她曾爱慕的人，也为妹妹和未出生的孩子。她的行为不仅出于心底的爱，还包含了儒家的仁爱思想。

对待婚姻，姚木兰虽未能与心爱之人相守，却未因此消极面对她的丈夫。她尽心尽力做好曾家的媳妇，事事为丈夫着想，机智化解家庭危机，维护夫妻感情。

当得知丈夫有了情人曹丽华后，她没有无理取闹，而是主动邀请曹丽华见面。曹丽华被木兰的落落大方所折服，明白她并非传统女性，气氛瞬间缓和了不少。木兰给了曹丽华两个选择：一是悬崖勒马，断绝关系；二是嫁入曾家。曹丽华作为新式女性，没有接受木兰给她的选择。

木兰提出折中方案，邀请曹丽华以朋友身份来家中做客，三人公开坦诚地交谈。见面时虽略有尴尬，但三人都是读书之人，心平气和地畅谈一番，这场婚姻危机也就悄无声息地被化解了。

自此，夫妻关系恢复如初，曾荪亚变得更加体贴。木兰不仅站在自己的立场上分析问题，还考虑曹丽华的处境，顾全了丈夫的尊严，处理得巧妙得体，展现出了豁达的胸襟与包容的态度。

国民革命爆发后，曾家家势渐衰。曾荪亚与姚木兰主动担起家庭重担，木兰很快获得管家权。她孝敬公婆，树立威信，成为曾家的主心骨。

“不完美”的女性

母亲对木兰的影响是巨大的。她从小教导木兰如何成为有品德的女子，但这些品德中夹杂着封建文化对女性的异化，甚至糟粕。木兰未裹小脚，长大后成为第一批受教育的女性，却仍相信“冲喜”能治病，向父亲建议让红玉和弟弟阿非订婚，觉得这样红玉的病也许会见好。

面对丈夫的情人，她竟认为“一个做妻子的若没有一个妾，斯文而优美，事事帮助自己，就犹如一个皇太子缺少一个觊觎王位的人在旁，一样乏味”，完全丧失了女性的主体性。

几千年来，女人饱受重男轻女之苦，身为女人的木兰还是觉得只有男人才能给家里争气。她对弟弟说：“姚家将来的希望，就全在你身上。我们姐妹是女孩子，没有用。”她甚至希望自己的第一个孩子是男孩，并教导女儿被兄弟欺负时要忍让。

木兰是隐忍的、消极的。她明明感受过爱情与自由，却为报恩断送一生幸福，将一切归为宿命，这说明她并未真正重视自己的人生与命运。

林语堂将木兰视为完美女性，实则是按自己心中的标准塑造她。他笔下的木兰，“美如满月”“身段窈窕，令人目迷心荡”“增一分则太长，减一分则太短；增一分则太肥，减一分则太瘦”。这些描写完全从男性视角出发，定义了女性的美。

曾荪亚在外拈花惹草，甚至有了情人，木兰却从不吃醋，反而主动邀请丈夫的情人共同生活。丈夫回心转意后，木兰毫无芥蒂地原谅了他。这背后，既有她心中另有所爱的缘故，也反映了当时男性对理想妻子的要求：无论对错都要无底线包容，宽容大度，贤良淑德，投其所好。

木兰受过先进教育，深知何为“新时代女性”。若按此成长轨迹，她很可能成为中国早期职业女性代表。然而，作者将她困在传统封建的曾家，嫁给不爱的男人，为他生儿育女，还要原谅他的背叛。

若这样的女性被视为完美，只能说作者心中的完美女性，不过是几千年封建文化的缩影。木兰的形象，既是对封建传统的妥协，也是对女性主体性的消解。

《红高粱》戴凤莲：

人生除了生死，其余都是擦伤

创作背景

《红高粱》是诺贝尔文学奖获得者莫言的代表作，故事以“我”的视角展开，讲述“我爷爷”余占鳌和“我奶奶”戴凤莲的传奇故事。小说中，莫言生动地描绘了高密东北乡的风土人情。这里有广袤的高粱地，有醇厚的高粱酒，还有独特的民俗文化，为小说增添了浓厚的地方色彩和生活气息。他以高粱地为背景，构建了一个充满激情与野性的世界。在这里，人物的性格得到充分的展现，他们的爱恨情仇、悲欢离合都与这片土地紧密相连。

莫言在小说中采用独特叙事风格，将魔幻现实主义与乡土文化相结合。小说中的情节跌宕起伏，充满传奇色彩，人物形象也十分鲜明：余占鳌的豪爽直率、戴凤莲的敢爱敢恨、罗汉大爷的坚韧不拔等，都给读者留下了深刻的印象。他们虽然生活在社会底层，但是都有着不屈的灵魂。在苦难面前，他们没有屈服，而是用自己独特的方式与命运抗争，展现人性的光辉。

极致压迫下的反弹

戴凤莲是一个生活在旧社会的女性，从出生到出嫁都由不得自己。她不到六岁就被逼着缠足，正是天真烂漫的年纪，却被施以这样的酷刑，缠足后连路都走不稳，没有人能切身感受她的痛苦。

戴凤莲家境贫寒，父亲为解决家里的经济困难，将年仅十六岁的她许配给单家患有麻风病的大少爷。这样的婚约无视戴凤莲的意愿，彻底剥夺了她的人生选择权。

贫困的家庭让戴凤莲没有任何逃脱的机会。在父亲眼里，她就是家庭的负担、累赘，作为女儿，最大的价值就是卖给别的人家换取彩礼。在这种情况下，戴凤莲的命运直接与金钱挂钩，单家给的丰厚彩礼成为她悲剧般的命运的推手。

结婚当天，坐在花轿里的她，觉得自己像是躺进了棺材里，而这棺材要把她带向阎王殿。

戴凤莲愤怒地扯下满是霉馊味的红盖头，用脚撩开轿帘的一角，偷偷往外看。她看到了轿夫隐藏在裤管中健壮的腿和穿着麻鞋的脚，也看到了轿夫宽阔的肩膀。她心里又悲又苦，想到自己将要嫁给有麻风病的大少爷，与其那样，还不如一死了之。

当花轿路过蛤蟆坑的时候，送嫁队伍遇到一伙强盗。按理说，正常人看到强盗都会害怕，可此时的戴凤莲却一点儿也不害怕。她这辈子都被葬送了，她连死都不怕，还怕什么？

余占鳌是送嫁队伍里的一位轿夫，眼看着戴凤莲将被强盗霸占，他直接朝着对面的强盗走去，对着他们就是一顿拳打脚踢。随后，余占鳌和其他轿夫平安地把戴凤莲送到了单家。

刚到单家的头两夜，戴凤莲一直没有合眼。单扁郎向戴凤莲伸手，想要和戴凤莲亲热，可看到丈夫鸡爪一样的手时，戴凤莲不由得大叫一声，迅速从怀里摸出一把剪刀插入炕里，怒目逼视着丈夫。她宁愿死也不想委身于这个男人。

三天后，戴凤莲在回门的路上，又被强盗挟持了。戴凤莲已经生无可恋，无力挣扎，也不愿挣扎，“甚至抬起一只胳膊，揽住了那人的脖子，以便他抱得更轻松一些”。

当戴凤莲看到挟持她的人是余占鳌时，她压抑的欲望在一瞬间炸裂，高兴极了。他们在象征蓬勃的生命力的高粱地里“野合”，这是最原始的生命力，是自由和个性的解放，是崇高的人性美。戴凤莲爱得疯狂、爱得热烈，她用这种方式向压迫自己的封建礼教叫嚣。

有胆有谋的女掌柜

新婚回门后，戴凤莲不得不回到单家。这时她才发现，自己一直嫌弃厌恶的单家父子已经被余占鳌杀了。面对死去的公公和丈夫，戴凤莲既没有害怕，也没有退缩。她即将面对的不仅是一个大家族，还有一个偌大的酒坊。

在封建社会，女性没有话语权，在家受父亲管教，出嫁受丈夫约束，想要抛头露面干事业更是难上加难。单家一夜之间失去两代人，也没有留下能够继承家业的后代，所有的重担都落在了戴凤莲的肩上。

不满二十岁的戴凤莲成了酒坊的话事人。然而，现实的困难远比她想象中的多：什么叫作酿酒，什么叫作经营，她根本一窍不通；更何况，酿酒还是个体力劳动配合传统秘方的技术活儿。

戴凤莲知道，既然选择要撑起这个家，硬着头皮咬牙也得坚持下去。她坦然地接受命运，勇敢地面对眼前的困难。

先是用人问题。戴凤莲处理事情有条不紊，计划安排得很周密，她让酒坊的刘罗汉全面管理酿酒事宜。刘罗汉是酒坊的老伙计，对酿酒工艺了如指掌，有他在，戴凤莲放心了许多。她通过亲自劳作和一系列改革措施，拴住了酒坊伙计们的心。

然而，就在戴凤莲以为自己可以安心经营酒坊的时候，灾难再次降临。日本侵略者的铁蹄踏破整个高密东北乡的高粱地，望着被日本人残忍杀害的刘罗汉，戴凤莲意识到，现在不能只顾着眼前的酒坊，若不把这些日本人赶走，早晚所有人都得惨死在他们的手上。

日本人发现了戴凤莲，皮笑肉不笑地靠上来，想对她动手动脚。情急之下，戴凤莲赶忙把双手按在已经惨死的刘罗汉的血发上，然后用沾满鲜血的手，往自己脸上抹了两把，又一把抓散头发，张大嘴巴，疯疯癫癫地跳起来。这三分像人、七分像鬼的模样，把日本人吓得落荒而逃。

趁着日本人逃跑的空当，戴凤莲在酒瓮里洗净了满脸的血，静静地站在瓮边，凝视着瓮里的酒。突然，她扑通一声跪倒，对着酒瓮磕了三个头，然后站起来双手掬起一捧酒喝。她要求儿子豆官也跟着做，以此祭奠死去的冤魂。

那一刻，戴凤莲明白，抗日这件事不能再等了。她要为这片土地，为她的家人，为她的民族，贡献出自己的一份力量。

戴凤莲是有着三寸金莲的旧社会女子，被当成交易商品嫁入单家，但她从来都没有认命。在家中没有男主人的情况下，她勇敢地接管了酒坊，靠着自己的勤劳与泼辣，成为女掌柜，主宰着自己的命运。在国家危难面前，她更是用自己的隐忍和智慧，为接下来的抗日行动做好了准备。

她不再是那个柔弱的新娘，而是高密东北乡的传奇人物。在那个动荡的年代，戴凤莲用自己的方式，书写了一段属于女性的传奇故事。她的故事，如同高粱地里那火红的高粱，热烈、奔放、充满生命力，激励着一代又一代的女性追求自己的幸福，勇敢地面对生活中的困难与挑战。

高粱地里的女英雄

戴凤莲前两次蜕变成长，是个人与家族层面的觉醒与抗争。她自幼缠足，顺从父亲的婚姻安排，嫁入单家，这是旧时代女性的无奈宿命。然而，她并未就此沉沦，在高粱地里，她大胆地与余占鳌相亲相爱，这是她对传统束缚的第一次有力挣脱，也是她的第一次蜕变成长。她开始追求属于自己的爱情与自由。

此后，她从一个单纯的小女人，逐渐转变为单家的女主人、酒坊的女掌柜。她以女性的智慧与坚韧，撑起了家族的产业，这是她的第二次蜕变成长。

当个人的爱恨情仇升华为有血性的国仇家恨，戴凤莲实现了更高层次的蜕变成长。酒坊的命运与民族的兴衰、国家的危难紧密相连，戴凤莲不再只关注酒坊的经营与个人的感情，即便是自己的生死，也变得微不足道。她的目光穿透了红彤彤的高粱地，看到了民族存亡的危机，看到了抗日的急迫与必要。

在目睹刘罗汉被日本人折磨致死的惨状后，戴凤莲义无反顾地加入了抗战队伍。日本人对高密东北乡的侵略越发猖狂，余占鳌也从一个土匪头子，摇身一变成为抗日游击队的余司令，带领着自己的伙计们，专门对日本人下手，保卫着这片生他养他的土地。

后来，余占鳌与伏击日军的国民党冷支队因为收编问题闹了矛盾。双方僵持不下，戴凤莲站出来斥责道:“买卖不成仁义在么，这不是动刀动枪的地方，有本事对着日本人使去。”

说完这番话，她带头喝下了含有刘罗汉鲜血的酒。那酒不仅是对刘罗汉的祭奠，更是对日军的宣战。在她的带领下，众人喝完酒后，齐心协力，共同击退了日本人的汽车队，为高密东北乡的抗战事业立下了战功。

此时的戴凤莲，早已不再是余占鳌背后的女人。她成了机智勇敢的好参谋，话语中饱含着铮铮铁骨，让余、冷两个汉子下定决心，携手抗击日本兵的侵略。她的智慧与勇气，让她成了抗战队伍中不可或缺的力量。

戴凤莲一生都在践行“大行不顾细谨，大礼不辞小让”

的原则。任副官得知余占鳌的叔叔余大牙侵犯民女，问余占鳌该不该杀。余占鳌有心包庇亲叔，但戴凤莲却有大局意识，她深明大义，挺着胸脯对着余占鳌的枪口以死相逼，一句“千金易得，一将难求”，让余占鳌明白了其中的利害。最终，余占鳌枪毙了余大牙，稳定了军心。

在前线，作为司令的余占鳌和游击队兄弟们浴血抗战；在后方，戴凤莲组织村里的妇女们擀饼，保证前方战士们的食粮与物资。她亲自抬着饼上前线，穿梭在枪林弹雨中。就在她以单薄的身躯气喘吁吁地抬着饼走上公路时，命运却跟她开了一个残酷的玩笑。

儿子豆官突然高喊了一声“娘”，让日本人发现了戴凤莲的藏身之处。紧接着，机关枪响了。她的胸膛被打了很多洞，她大叫一声，一头栽倒，扁担应声落地。身中多弹的她，在弥留之际仍眷恋着这高粱土地。闭眼前，她在血泊中回顾了自己短暂而壮烈的一生。

戴凤莲生于高粱地，爱于高粱地，死于高粱地。在历史的舞台上，戴凤莲微弱的身影被无限放大，我们从中看到了这位女性的闪光之处。她曾说：“我该做的都做了，该干的都干了，我什么都不怕。但我不想死，我要活，我要多看几眼这个世界，我的天哪……”

这是对生命真诚的呼唤，是对命运顽强的抗争，更是对这片土地深沉的眷恋。戴凤莲死了，但她敢作敢当、不屈不挠的精神却永远活在人们心中。她的民族大义定格在历史长河中，她年轻的生命绽放在红彤彤的高粱地里。

她的身上展现出了高密东北乡女性身上那种原始蓬勃的生命力，赤诚热烈，永不止息。她的做法看似与传统观念大相径庭，却用一言一行、一举一动阐述着自己的本心。

她骨子里对生命的热爱，情爱上对爱人的坚贞，精神上对民族的血浓于水，都从血染的高粱酒洒向自己灵魂的那一刻开始，凝聚成强大念力。从一个敢爱敢恨的少女，到巾帼不让须眉的抗日女英雄，她自始至终都坚守着一颗炽烈的心，不让它受到任何玷污。

《双城记》德发日太太：

不原谅他人，也不放过自己

双城记》是英国作家狄更斯创作的历史小说。小说以十八世纪法国大革命为背景，通过对这一历史事件的描绘，揭示了社会不公与暴力革命之间的复杂关系。作品尖锐地指出，人民群众的忍耐是有限度的，在贵族阶级的残暴统治下，人民群众若想活下去，必然奋起反抗，这种反抗是正义的。

德发日太太是《双城记》中一个非常复杂矛盾的角色。她是革命的代表，是复仇女神的化身。自幼年起，她便饱受压迫与打击，最亲的家人也惨遭杀害。那些悲惨的往昔，如同挥之不去的阴霾，不断地在她的脑海中浮现，仿佛在“逼”着她奋起反抗、踏上复仇之路。德发日太太在漫长岁月里，将仇恨深埋心底，默默忍受。当机会降临时，她被仇恨彻底蒙蔽了双眼，在复仇的道路上越走越远，最终不仅未能复仇，反而搭上了自己的性命。

仇恨与宽恕交织的命运

马奈特医生医术高超，在当地小有名气。然而，一次意外彻底改变了他的命运。他被埃弗瑞蒙德侯爵兄弟绑架到侯爵府。在那里，他需要救治两位伤势严重的病人：一位是美丽的农妇，另一位是受伤的少年。

这位农妇已经重伤昏迷，尽管马奈特医生全力救治，还是无力回天。后来，马奈特医生才得知真相，原来是侯爵兄弟垂涎农妇的美貌，为了得到她，杀害了她的丈夫和父亲。

那位少年是农妇的弟弟。在把最小的妹妹送走后，他独自来到侯爵府报仇，却惨遭殴打，身负重伤。原本幸福的家庭，一夜之间只剩下妹妹一人，也就是后来的德发日太太。

正是从那时起，仇恨的种子就埋在了德发日太太的心中。她痛恨侯爵的恶行，发誓要复仇。

马奈特医生满怀愤懑，写信控告了侯爵兄弟，可谁承想，他的信最终落到了侯爵兄弟手中。结果，他被关进巴士底狱，一关就是十八年。

马奈特医生的家人和朋友不知他被关进监狱，一直在毫无头绪地找他。他的妻子在他入狱第二年就不幸去世了，只剩下女儿露茜，被银行家洛瑞接到伦敦抚养。

德发日太太和马奈特医生都是受害者，都有理由对侯爵发起谴责和报复，但他们的选择却完全不同。

十多年过去了，德发日太太成为酒贩，打理着一家酒店。此时的她已经成为巴黎底层人民反抗贵族的代表，她的酒店成了司令部，她也不再是过去任人宰割的女童，而是要掀起变革风暴的领导者。

对她来说，生活看似平静，实则暗流涌动。她的人生只剩下仇恨，如果不能报仇，生活将毫无意义。

马奈特医生出狱后，被德发日先生收留。他因在监狱中受到严酷摧残，暂时失去记忆，变得疯疯癫癫。德发日先生只好先将他锁在房间里。露茜得知父亲的消息后，特意从英国赶来接走他。在露茜的照顾下，马奈特医生逐渐恢复了记忆，想起自己写过告发侯爵的信。

马奈特医生有理由复仇，但女儿露茜抚平了他的伤痛，驱走了他心中的仇恨。露茜拥有着“强大的魔力”，让马奈特医生重新振作了起来。

露茜爱上了侯爵的侄子达奈，这让马奈特医生陷入纠结。达奈见到马奈特医生，说只要能和露茜在一起，他发誓会放弃他的财产和地位。

最终，马奈特医生同意了他们的婚事，他只希望女儿能幸福地生活下去。他知道，过去的痛苦已成过去，继续纠缠只会让痛苦无限循环。

德发日太太却带着仇恨活到现在，她发誓要让侯爵血债血偿。她是一个坚强又有血性的女子，但为了复仇，她将自己困在了过去。

复仇与等待

在德发日太太的酒馆里，气氛异常紧张，强烈的风暴即将来临。酒馆里的人突然多了起来，他们看似在喝酒，实则心不在焉，似乎在酝酿着什么惊天动地的大事。

德发日太太依旧每天拿着她的织物编织，没人知道她在织什么，也不知道她为何要织。妇女编织本是平常事，连来打探情报的密探也没看出不妥。

密探谨慎地与德发日太太聊了几句，无法从她身上找到任何破绽。他完全没发现眼前这个女人才是圣安东尼区底层人民的领导者。

晌午，德发日先生带着一位生面孔走进酒馆。大家简单打招呼后，夫妻俩将这位生面孔带进房间。房间里围坐着不少人，原来这位生面孔是一名修路工，也是一名证人。修路工说，埃弗瑞蒙德侯爵被人杀了，凶手是一位可怜的父亲，他的儿子前不久被侯爵的马车撞死了。

德发日太太回想起那天的场景，她和丈夫也在现场。侯爵的马车撞了一个孩子，可怜的孩子当场就死了，可侯爵脸上毫无愧疚之色，还不停地责骂孩子不长眼，仿佛失去的不是一条生命，只是一个物件。孩子的父亲为了报仇，躲在侯爵的马车下，趁机杀了侯爵，但最终也被抓到村庄里处死了。

值得注意的是，修路工说话时，德发日太太的手一刻也没闲着。原来她正把需要记住的信息织成不同的花纹记录下来，这些花纹只有她能看懂。即便密探拿到这些织物，也看不出其中的秘密。

德发日太太当上酒馆老板娘后，主要的工作就是记录信息。她的酒馆实际上是圣安东尼区革命者的司令部，也是街道的中心，每天都能收集到不少信息。其中最重要的，是记录要打倒的贵族的信息。

估计没人会想到，德发日太太能把一个人的相貌特征全都记录在她的织物上。等革命爆发时，这些织物将帮助人们打倒那些高高在上的贵族。

埃弗瑞蒙德侯爵的暴毙打破了城市的宁静，革命真的快要爆发了。德发日太太仿佛是黑夜中伺机而动的猫，极有耐心地等待猎物上钩。她要打倒的不是一两个贵族，而是要把整个贵族阶级都推翻。她深知，积聚雷电是需要时间的，所以，她隐忍着、等待着。

她知道自己在做什么，也知道准备到什么地步才可以行动。为了复仇，她可以日复一日地忍耐着，哪怕最后有可能面临失败，她也无所畏惧。

革命悲歌

在法国圣安东尼区，一大群人如同波涛般汹涌而来，躁动的声音震天响。德发日太太的酒馆矗立在人群中央，成了革命的指挥部。德发日先生忙着发号施令，满头大汗，显得既急迫，又兴奋。相比之下，德发日太太不同于往常。她没有拿着平时的织物，而是换上斧头，腰间别着手枪和快刀，带领妇女们直奔巴士底狱。

积蓄已久的愤怒在这一刻爆发，如同雷击般令人不寒而栗。巴士底狱很快被攻陷，监狱长被德发日太太砍下了头颅。巴黎人民欢呼雀跃，庆祝他们的胜利。随后几天，巴黎热闹非凡，人们四处搜捕贵族并就地处决。

与此同时，英国的马奈特医生一家过着平静幸福的生活，这都得益于善良的露茜。露茜是家庭的核心，她让父亲和丈夫达奈和睦相处。后来，她和达奈有了孩子。可是，法国大革命打破了这份宁静。

达奈为了营救管家，冒险回到法国，结果遭家族的臭名连累，被投入监狱。得到消息后，马奈特医生带着露茜回到法国，希望能救女婿出来。

他想用自己在巴士底狱被囚禁十八年的经历获得法国人民的同情，救出达奈。况且，达奈早已脱离家族，是个清白的好人，不应该被处死。

原本这场交涉进行得很顺利，巴黎人民也答应了马奈特医生的请求。可是，德发日太太却不想放过侯爵家族的任何人，在她眼里，这个家族的人都应该被处死。

这时，有人在曾囚禁马奈特医生的牢房里找到他当年写的信，当中写满了侯爵家族的罪行。最终，达奈还是被判处死刑。

就在大家以为达奈必死无疑时，卡屯出现了。德发日太太在酒馆见过卡屯，他是露茜的爱慕者。卡屯贿赂监狱人员，用自己换出了达奈。

在断头台上，卡屯等待着死神的降临。他一直默默爱着露茜，从未期望过她的回应。如今，他的爱变得伟大，为了露茜，他毫无恐惧地面对死亡。他想，只要露茜可以幸福，他死而无憾。

目睹卡屯被行刑后，德发日太太的仇恨并未消退，反而更深了。人一旦享受到复仇的快感，就会失去理智，只剩下原始的冲动。

德发日太太不仅要杀死达奈，还要逮捕他的妻子。但事情并未如她所愿。达奈被救了出来，和露茜连夜逃走。此时，露茜的住所里只剩下忠仆普若斯小姐。

戏剧性的一幕发生了：德发日太太与普若斯小姐纠缠了起来，最后，因为枪支走火，她不幸倒在血泊之中，结束了充满戏剧性的一生。

德发日太太是一位坚强的女性，做事沉稳谨慎，为了复仇，可以忍耐所有痛苦。但她看似是在复仇，其实是在惩罚自己。面对亲人被迫害的现实，她恨肆意妄为的贵族，也恨无能为力的自己。复仇对她来说，不仅是活下去的动力，也是原谅自己的契机。只不过，仇恨的迷雾彻底蒙蔽了她的眼睛，她只能在仇恨的怪圈里折磨自己。

当一个人强加给自己过多压力，生活就变得让人难以喘息，而对于自我期许的执着，会让人负重前行。所以，只有减轻压力，放下执着，人才能真正地放过自己。

《素食者》金英惠：

这辈子，
她想活成自己的树

创作背景

《素食者》是韩国诺贝尔文学奖获得者韩江于二零零四年创作的小说。小说以独特的叙事结构，由三个紧密相连的短篇小说《素食者》《胎记》《树火》共同编织成一个充满隐喻与深意的世界。其中，《胎记》获得第二十九届李箱文学奖。这部小说的灵感源自李箱那句充满哲思的话：“我认为：只有人，才是（真正的）植物”。

二十多年来，《素食者》经久不衰，这要归功于韩江对东亚社会的剖析和对人生深刻的理解。在不幸福的家庭里长大的小孩，成年后要如何疗愈自己？如何平衡婚姻和自我的关系？当我们自觉与这个社会格格不入时，我们该如何拯救自己？精神疾病真的可耻吗？

这些疑问，如同一颗颗毒瘤，并未随着时间推移和时代变迁被治愈，反而越发深入地侵蚀着每个人的生活。在现实的泥沼中，有人选择麻木不仁，任由自己被时代的洪流裹挟前行；有人却坚守内心，与这些困境顽强地抗衡，试图在黑暗中寻找到一丝光明。

被原生家庭左右的命运

成家后的金英惠，生活仿佛蒙上了一层灰暗的滤镜。尽管有一份体面的工作，但她的工资与丈夫相比微不足道，难以在家里占有一席之地，家里的经济大权由丈夫牢牢把控。

英惠对此似乎并无不满。她觉得自己没什么追求，生活简单而稳定，每天的任务就是围着丈夫转。从丈夫清晨起床到傍晚归来，她全身心投入，洗衣做饭、陪他应酬，甚至参加他的同事聚会。她就是丈夫的提线木偶，没有自己的思想，任由他摆布。

这种性格与她的原生家庭密不可分。英惠的父亲是个十足的大男子主义者，认为女人天生就是男人的附属品。除了儿子，妻子和女儿都是家里的“长短工”，默默承担繁重的家务与家庭责任。

小时候，英惠对这种家庭格局十分困惑与不解，不明白为何男女地位如此悬殊。她偶尔叛逆，试图表达不满时，换来的总是父亲的毒打，母亲只是在一旁看着，从来不护着她。她曾对姐姐倾诉，想要离家出走，但无人理会。大家都对这种相处模式习以为常，视其为理所当然。

或许意识到反抗在这样的家庭中毫无意义，英惠选择隐藏自己，成为一个随大流的人。她听从父母的安排，嫁给了一个看似不错的男人，婚后毫无怨言地服从丈夫的命令，心甘情愿地做丈夫身后的女人，将全部奉献给家庭。

然而，她忽略了一点——人一旦反抗过，那段经历便如同深扎在心底的刺，更像一颗随时可能引爆的炸弹。它或许会在某个不经意的瞬间爆发，杀伤力难以估量，足以波及所有与她相关的人，将他们的生活搅得天翻地覆。

原生家庭对一个人的影响复杂而深远，如同暗流，悄无声息却无处不在，塑造着人的性格，左右着人的命运。正如美国家庭治疗大师萨提亚所言，一个人与原生家庭之间存在着千丝万缕、难以割舍的联系，这种联系可能贯穿一生，影响每一个选择与每一次成长。

英惠的故事正是这一观点的生动诠释。她的生活轨迹在原生家庭的影响下，早已偏离原本可能的幸福轨道，走向一条充满无奈与悲哀的轨道。

梦醒之后的困局

金英惠的生活在一场梦之后发生了彻底的转变。梦中，她变成了一只食肉动物，嘴里叼着一块鲜血淋漓的肉，那块肉腥味扑鼻，令人作呕。梦醒后，她无法用言语形容那种冲击与震撼，只觉得内心被某种力量深深地触动了。

从那以后，她拒绝食用任何肉类食品，甚至第一次用行动表明了自己的决心——将冰箱里的肉全部丢弃。丈夫为那些被浪费的“钱”咆哮，但她无视他的愤怒，开始自己的素食生活。

起初，丈夫以为这只是她一时的冲动，过段时间便会恢复原状。然而，英惠不仅没有改变，反而更加坚定地吃素食。

随着时间的推移，英惠的身体逐渐发生了变化。她瘦了一大圈，原本修长的身材变得有些病态，睡眠质量也急剧下降，接连几夜难以入眠，甚至对冷热的感知也出现了颠倒。

寒冷的冬日，她竟在家中裸露上半身，对丈夫说自己热得不行了。即便如此，丈夫也未曾带她去医院检查。在他眼中，只要英惠还能照顾他的生活起居，还能维持基本的行动能力，他便可以接受。毕竟，他从未真正爱过她，只是觉得她适合成为自己的妻子和保姆罢了。

直到一次夫妻共同出席的聚会上，英惠的异常行为让丈夫在领导面前颜面尽失，他才不得不联系英惠的娘家。他先是打电话给英惠的父母，随后又联系了她的姐姐，却唯独没有联系她的弟弟。他认为没必要因这种小事打扰小舅子的生活。

接到电话的家人并未站在英惠的立场上为她着想，反而纷纷向她丈夫道歉："对不起，给你添麻烦了。"母亲和姐姐温声劝她吃肉，父亲则直接训斥她。可无论他们说什么，英惠都无动于衷。

在一次家庭聚会上，英惠依然拒绝吃肉。父亲当众扇了她两巴掌，丈夫和弟弟则紧紧地拉住她，任由父亲强行往她嘴里塞肉。忍无可忍之下，她做出了极端的举动——她拿刀轻生了。这一行为震惊了在场的所有人，也彻底摧毁了她的婚姻。丈夫因此抛弃了她，结束了他们的婚姻。

那场吃肉的梦仿佛是开启英惠内心深处某种意识的钥匙，让她开始重新审视自己的生活和价值观。然而，她的家人无法理解她的挣扎与痛苦，只是用传统和既定的观念去评判和约束她。

英惠的悲剧，不仅是个人的悲剧，更是家庭观念与个体意识冲突的悲剧。她的选择，既是对自我身份的探寻，也是对压抑生活的无声反抗。

成为自己

摆脱婚姻枷锁的英惠，经过一段时间的药物治疗，精神状态有了明显改善。虽然她还在坚持食素，但身体圆润了一些，也不像之前那样萎靡不振。她还尝试着在楼下的超市找到了一份收银员的工作，让自己重新适应这个社会。英惠的生活似乎正逐步回归正轨。

就在英惠努力适应新生活的时候，姐夫对她产生了不寻常的兴趣。姐夫是个艺术家，喜欢有挑战性的东西。英惠轻生的时候他也在场，新鲜的血液从她的身体中喷涌而出，对他产生了巨大的精神冲击，仿佛唤醒了他内心深处的怪物。

当他无意中得知英惠身上有块胎记后，就对她的胎记着迷了。这块胎记成了他艺术创作的灵感，他总是想着“如果能在那样一具身体上画出一幅开满鲜花的画，应该会非常震撼吧”。

姐夫邀请英惠当模特，帮助他完成一组摄影作品，拍摄的时候还要进行人体彩绘，在身上画满花朵。英惠接受了这个邀请，在她看来，如果自己的身体能开出花朵，自己或许就能摆脱人类身份，成为一种更纯粹的存在。

起初两人都很正常，毕竟这只是一次大胆的行为艺术。可当完成最后一次人体彩绘之后，姐夫突然失去理智，不再掩饰他的欲望。姐姐仁惠正好来看望英惠，撞见了这一切。她怎么也没想到，丈夫会对生病的妹妹下手。

姐姐和姐夫离婚了，英惠的病却越发严重。她的神志逐渐退化，变得如同孩童一般，经常和姐姐分享她即将变成植物的想法。她天真地对姐姐说，以后自己只需要水和阳光就能生存。

随后，英惠的病情进一步恶化，患上严重的厌食症。仁惠自己还有孩子要抚养，实在是分身乏术，无法继续照顾英惠，无奈之下，只能将她送入精神病院。

在精神病院里，英惠虽然得到专业治疗，但内心却十分痛苦。医生们总是强迫她进食，试图让她恢复正常。她无法理解，为什么他们不能让她按自己的意愿生活，做自己想做的事情。

当英惠对仁惠说出“世上所有的树都跟手足一样”时，仁惠突然明白了英惠的痛苦与挣扎。她意识到，英惠所有的“不正常”，都是对自由的渴望。英惠渴望像树木一样，成为自然的一部分，摆脱人类社会的束缚和压力。她开始尊重英惠的选择，支持英惠按照自己的方式去生活，追求内心的平静和自由。

小时候的英惠也是个勇于反抗的人，但由于外部环境恶劣，她不得不给自己着上保护色，却也从此迷失了自己。她听从父母的安排，嫁给一个看似靠谱的陌生男人。就在她觉得可以安稳地度过余生时，那个梦却让她发生了翻天覆地的变化。

英惠用食素、不化妆、不戴文胸，反抗来自父权社会的束缚。她渴望成为一棵植物，仅靠阳光和水生存。她用这种方式冲破父权社会的束缚，不再成为谁的女儿、谁的妻子、谁的母亲，而是成为她自己。